穩紮穩打！新日本語能力試驗
文法‧讀解特別篇　～長句構造解析for N1、N2

目白JFL教育研究会 ————————— 編著　（代表: TiN）

はじめに

筆者在教書生涯中，遇到了許多準備考 N2、N1 的考生，他們在閱讀測驗或文法重組解題時，一旦遇到了較長的句子，常常就會「明明每一個單字都懂，每一個文法也都學過，但句子就是看不懂！」。會有這樣的情況發生，往往就是因為學習者對於「句子的構造」不夠了解，無法判斷哪一個成分是句子中的主語、補語、或核心，當然也就無法看出修飾語所修飾的部分，更是不懂從屬子句與主要子句之間的關聯。

句子的分析，是筆者在大學日文系時，老師必教的技巧。筆者自身教學時，也承襲了這樣的教育方式，凡是筆者所開設的 N2 及 N1 檢定課程，一定會在最初的五堂課先教導學生們如何拆解句子，爾後才會正式進入 N2 文法的課程。這五堂句子分析，廣受每屆考生的好評，許多同學也都於通過考試後，回饋給筆者說：「幸好學過句子分析，讀解部分才能迎刃而解、順利過關！」

在市面上，像本書這樣專門講解長句分析的文法書，英文文法的書籍中相當常見，但日文文法有涉獵到這部分的書卻寥寥可數。一般的檢定教材，也鮮少針對日文的長句構造多加琢磨。因此，當筆者在規劃『穩紮穩打』系列時，就已計劃好也將長句分析的課程也併入書中。但由於內容龐大、且需要系統性地解說，實難將其併入 N1 以及 N2 文法當中，因此最後決定將其另作專書，才有了今天這本『穩紮穩打！新日本語能力試驗 文法・讀解特別篇 ～長句構造解析 for N1、N2』。

本書總共 24 課，分成「句子的基本結構」、「形容詞子句」、「名詞子句」、「副詞子句」以及「結構較為複雜的複句」五大篇章。

由於前幾課是針對日文句子的基本結構詳細解說，所以使用的例句多為 N4 程度左右。雖然看起來很簡單，但請各位務必有耐性地細細閱讀，每課後面的練習題（儘管它看起來很簡單）也務必確實演練。唯有真正了解句子的結構，在進入本書的後半段，分析多層結構的長句時（例如從屬子句裡面還有其他不同型態的從屬子句），才有辦法對於長句、複雜的句子進行分析，進而了解其意。

全 24 課的課程結束後，附錄部分則是將本書介紹的概念，應用到日本語能力試驗官方網站所公佈的實際考古題上，來對其進行分析以及解題。這也可以讓讀者們更加熟悉、了解如何將本書所學習到的技巧運用在實際的考試當中。各位讀者們可以自己先試著解題後，再看解答。

最後，本書不只是針對檢定考，也適合所有學習到中、高階程度的學生。若您一直對於長句一知半解、有讀沒有懂，相信在學完本書的分析技巧後，一定能對於報章雜誌或者專業叢書上的複雜長句，有更深一層的理解。也期盼各位讀者能夠透過日文這個工具，獲取更多資訊，讓您的學習以及事業更上一層樓！

作者

穩紮穩打！新日本語能力試驗　文法・讀解特別篇

～長句構造解析 for N1、N2

句子的基本結構

形容詞子句

名詞句子

副詞子句

結構較為複雜的複句

附錄　重組題與句子的架構解析

句子的基本結構

basic
structure

第一課 句子的構造

　　日文的構造，就有如下圖一般，以「**述語**」為中心，而有好幾個「**補語**」來說明、修飾這個述語。也因為「**述語」是日文中的核心**，因此本書將其稱為「火車頭」，補語則稱作「車廂」。以下圖為例，「行きました」就是火車頭，而「TiN 先生が（は）」、「ペコちゃんと」、「電車で」、「目白へ」則是車廂。

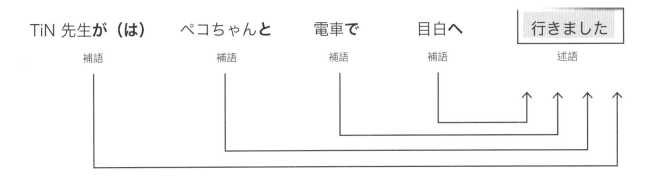

　　日文當中，可以作為述語（火車頭・核心）的品詞有 1. 動詞、2. 形容詞（包含イ形容詞與ナ形容詞）、3. 名詞だ／です。以動詞結尾的，就稱作是「**動詞述語句**」、以形容詞結尾的，就稱作是「**形容詞述語句**」、以名詞だ／です結尾的，就稱作是「**名詞述語句**」。這就是日文的「三大述語句」。

① 動詞述語句　：昨日　図書館で　本を　読みました。

② 形容詞述語句：東京は　とても　賑やかです。

③ 名詞述語句　：私は　学生です。

　　用來與火車頭（述語）互相連結的車廂（補語），是由「一個名詞加上一個格助詞」所構成的。而所謂的 **格助詞**，指的就是緊跟在名詞後面，表達這個名詞與後面述語之間關係的助詞。日文中的格助詞有「が、を、に、で、と、へ、から、より、まで」九個。這九個格助詞也是日文句中的關鍵。（※ 註：因這九個格助詞的語意以及用法屬於 N5、N4 範圍，因此本書不再針對各個格助詞的使用方法進行說明。）

　　以上面構造圖的例句為例：「TiN 先生」由於加上了格助詞「が」（※：或主題化後：「は」，後面章節詳述。），因此，他為述語「行きました」之動作之人；而「ペコちゃん」藉由加上了格助詞「と」，他則是述語「行きました」之共同做動作的人（※ 編按：其實ペコちゃん是 TiN 老師養的小狗狗）。而地名「目白」，加上了表示方向的格助詞「へ」，因此知道目白就是動作「行きました」之方向。這就是格助詞的功用。用來表示每個名詞與後面述語（這裡指動詞）之間的關係。例句中，粗體助詞就是車廂（補語部分）的助詞，紫色網底部分則是述語（火車頭）。

　　由上面的說明我們可以知道，在日文的句子中，一個名詞作為補語時，是扮演著怎麼樣角色，就是由格助詞所決定的。

　　・春日さん　天野さん　濱川さん　紹介した。

　　請看上面這個例句。如果每個名詞的後方都沒有加上格助詞（如果你隨意省略格助詞），就會像上面這句例句一樣，會搞不清楚每個車廂所扮演的角色，會看不懂到底是誰介紹誰給誰認識。

　　・春日さん**に**　天野さん**が**　濱川さん**を**　紹介した。

　　但只要加上格助詞之後，我們就會很清楚地知道，「天野」才是做介紹這個動作的人，他是主語（主詞）。而「濱川」則是被介紹的人，他是目的語（受詞），而「春日」則是介紹這個動作的對象。因此，就可知道這句話的意思為「天野介紹濱川給春日認識」。

若將上面的句子，名詞順序都不更動，但把每個名詞後方的格助詞都調換一下，變成下面這樣：

・春日さん**が**　天野さん**を**　濱川さん**に**　紹介した。

整個句子所要表達的語意就會完全不一樣：「春日」就會變成做介紹動作的人，「天野」則是變成被介紹的人，「濱川」則是變成被介紹的對象。意思就變成「春日介紹天野給濱川認識」。因此，在日文中，補語（名詞＋格助詞）擺放的位置並不會影響語意。真正會影響語意的，是附屬在名詞後的格助詞。這點，與中文非常不同。

中文的補語與動詞之間的關係，是由擺放的「位置」來決定。就有如上例的翻譯，「天野介紹濱川給春日認識」、「春日介紹天野給濱川認識」，兩者的構造都是「～介紹～給～認識」，但就是「～」三者的順序對掉，整個意思就不一樣了。

・a. 私**が（は）**　　妹**と**　　バス**で**　　板橋**へ**　　行きました。

・b. 私**が（は）**　　バス**で**　　妹**と**　　板橋**へ**　　行きました。

・c. 私**が（は）**　　板橋**へ**　　妹**と**　　バス**で**　　行きました。

・d. 私**が（は）**　　バス**で**　　板橋**へ**　　妹**と**　　行きました。

再來看看上面 a.～d. 四句例句。上面四個例句的意思都是「我跟妹妹搭公車去板橋」。從上例我們就可得知，日文中，車廂（補語）的位置互相對調，基本上不會影響句子的語意。只是，每一個動詞，其前方使用的車廂，還是有其習慣出現的順序。而一般都是為了修辭上的需求，才會將車廂的位置互調。

📑 **隨堂練習：**

請仿照例句，用螢光筆／網底 ▨▨▨▨ 標出句子的述語（火車頭），用底線 —— 標出句子的補語（車廂）：

例：山田さん(は)　タクシー(で)　会社(へ)　行きました。

---

① 私は　9時から　5時まで　働きます。

② 鈴木さんは　あのデパートで　時計を　買いました。

③ 私は　パソコンで　映画を　見ます。

④ 吉田さんは　犬が　好きです。

⑤ テーブルの　上に　本が　あります。

💬 解答：

① 私は　9時から　5時まで　働きます。（我從九點工作至五點。）

② 鈴木さんは　あのデパートで　時計を　買いました。（鈴木先生在那個百貨公司買了時鐘／手錶。）

③ 私は　パソコンで　映画を　見ます。（我用電腦看電影。）

④ 吉田さんは　犬が　好きです。（吉田先生喜歡狗。）

⑤ テーブルの　上に　本が　あります。（桌上有書。）

第二課 必須補語與副次補語

上一課，我們介紹了何謂「補語」（名詞＋格助詞）。這一課，則是要介紹補語的種類。

① 私が　本を　読む。（我讀書。）

② 学生たちが　教室に　入る。（學生們進教室。）

③ 春日さんが　天野さんを　濱川さんに　紹介した。（春日先生將天野先生介紹給濱川先生。）

上述三個句子，第 ① 句的補語為「私が」、「本を」兩個。第②句的補語為「学生たちが」、「教室に」兩個。第 ③ 句的補語為「春日さんが」、「天野さんを」、「濱川さんに」三個。這三個句子所使用的補語，以及其補語的格助詞都不一樣。之所以前面使用的補語（車廂）會不一樣，原因就在於「述語（這裡是動詞）」的語意。「述語」，是日文句子的**核心**。也就是這個核心（火車頭）部分的語意，決定了前面會有怎麼樣的「補語（車廂）」。

例如第 ① 句，核心「述語（動詞）」的語意為「読む（讀）」。請各位同學試想，要完成「読む（讀）」這個動作，需要什麼人、事、物？對的，至少需要一個讀的人「主語」，除了做動作的人以外，還需要一個被讀的東西「書」。不然光是有人對你說：「私が読む（我讀）」，你一定是頭上冒問號，不知道他在說什麼。你一定會問回去說「何を（讀什麼）？」。因為「読む（讀）」這個動作，光是只有一個補語「私が」，語意是不完善的。一定要有「私が」跟「本を」至少兩個補語，語意才會完整。因此，第 ① 句中，「～が」、「～を」就稱作是「読む（讀）」這個動詞的**必須補語**（或是**必須成分**、**「項」**），因為它們是必須存在的。

①’ 私が　メイメイちゃんと　部屋で　本を　読む。

　等等！老師，我不能再多講一點情報給聽話者知道嗎？像是 ①′ 這樣，想要將共同做動作的對象「メイメイちゃんと」以及做動作的場所「部屋で」等詳細情報也講出來給聽話者知道？當然可以啊。但你在使用「読む（讀）」這個動詞時，你即便不提出「どこで」與「誰と」這種類型的情報，也不會影響整句的文法完整性。就像例句 ① 只講出「私が本を読む」，聽話者也不會頭上冒出三個問號。像這些對於某個動詞而言，文法上不是一定需要的補語，就稱作**「副次補語」**（或是**「任意成分」**）。

　再回到上述的 ① ～ ③ 例句。因此，我們可以這樣說：「読む（讀）」這個動詞的必須補語為「～が　～を」；「入る（進入）」這個動詞的必須補語為「～が　～に」；而「紹介する（介紹）」這個動詞的必須補語為「～が　～を　～に」。因此，「會用怎麼樣的助詞，完全取決於後方的述語（動詞等）」而定。

　而其實，有些動詞並不只是有一個意思或用法，有些動詞有兩個以上的意思。例如：「ある」。

　我們都知道，「ある」除了可以表達某物「存在」於某場所以外，亦可用於表達「發生」某事件。當我們要表達「存在」時，其前面的必須補語就會是「～に　～が」（机の上に　本が　ある），必須用「に」將存在場所點出來。而如果要表達「發生」時，它就會變成 1 項動詞「～が」（交通事故が　ある），這時，可視需求加上任意成分「で」將發生的場所點出來（ここで　交通事故が　あった）。**很重要，所以再說一遍**：因此，「會用怎麼樣的助詞，完全取決於後方的述語（動詞等）」而定。

④ TiN 先生**が**　東京**に**　住んでいる。
⑤ TiN 先生**が**　東京**で**　暮らしている。

接下來，我們利用這個必須補語與副次補語的概念，來解釋一下同學們學習助詞時，常常會搞錯的，表場所的助詞「に」與「で」。沒有受過正規語法教學訓練的網紅或者 YouTuber 的說明，都是說：「< に > 表存在場所／靜態動作，< で > 表動作場所／動態動作」。光是這樣的說明，學生還是會造出「× 東京に暮らしている」「× 東京で住んでいる」的句子。因為學生會說：「我很靜靜地在東京生活啊」「我住在東京總是會動吧？又不是死人佇立在那邊」。

因此，我們如果可以利用上述的觀念，就可以知道「住む」的必須補語，就是「〜が　〜に」。要表達出「住む（居住）」這個動詞的完整語意，至少需要講出動作主體「〜が」，以及居住的場所「〜に」，語意才會完善。因為如果你不講出「〜に」，光是講出「私が住む」，聽話者一樣會頭上三個問號。

至於「暮らす（生活）」這個動詞的必需補語，則是只要「〜が」一個就足夠了。當你講「TiN 先生は（楽しく）暮らしている（TiN 老師快樂地生活著）」，不需要講出場所，頂多補個副詞「楽しく」，語意就會完善了。因此，我們就可以知道「暮らす」的必須補語，就是「〜が」一個而已，而「〜で」的部分，則是可有可無的副次補語。

⑥ 日本で　TiN 先生は　東京に　住んでいる。

利用這個觀念來說明例句⑥，我們就可以知道「日本で」為副次補語，表示整體的範圍，而「東京に」則是動詞「住む」的必須補語。如果按照 YouTuber 的教法：「< に > 表存在場所／靜態動作，< で > 表動作場所／動態動作」的話，將無法說明上述例句中，「日本で」所代表的涵意。就會產生：明明就是「住む」，為什麼還有「場所＋で」？這樣的疑問。

因此建議同學在學習動詞時，可以連同前方的必須補語一起記下來，以句型的方式來學習，這對於將來的長句分析會相當有用。

⑦ 学生：先生、どこに　住んでいるんですか。

　　先生：東京に　住んでいるよ。

　　最後，補充說明一點。我們上面一直強調，「住む（居住）」這個動詞，至少需要有「〜が」以及場所「〜に」兩個必須補語，語意才會完善。但例句 ⑦ 的老師回答部分，就只有「東京に」一個必須補語啊？同學，不講出來並不代表沒有。這裡只是省略掉了「私は（私が）」而已，並不代表不存在喔。

📄 **隨堂練習：**

請仿照例句，試著自己思考看看，寫出下列每個述語所需要的必須補語，並試著造句看看（沒有正確答案）：

例：行く：「〜が　〜に　行く」→　私は　学校に　行く。

　　　　or「〜が　〜へ　行く」→　鈴木さんが　アメリカへ　行った。

_____

① 会う　　：

② 買う　　：

③ 座る　　：

④ 死ぬ　　：

⑤ 泣く　　：

⑥ あげる　：

⑦ 結婚する：

⑧ 見る　　：

⑨ 見せる　：

⑩ 言う　　：

💬 解答：（以下為參考答案）

①会う　　：「～が　～に　会う」→私は　利香ちゃんに　会った。（我見了利香。）

②買う　　：「～が　～を　買う」→子供が　おもちゃを　買った。（小孩買了玩具。）

③座る　　：「～が　～に　座る」→鈴木さんは　あそこに　座っている。（鈴木先生坐在那裡。）

④死ぬ　　：「～が　死ぬ」→大統領が　死んだ。（總統死了。）

⑤泣く　　：「～が　泣く」→子供が　泣いている。（小孩在哭泣。）

⑥あげる　：「～が　～に　～を　あげる」→妹は　友達に　本を　あげた。（妹妹給朋友書。）

⑦結婚する：「～が　～と　結婚する」→僕は　彼女と　結婚する。（我要和她結婚。）

⑧見る　　：「～が　～を　見る」→夫は　テレビを　見ている。（老公在看電視。）

⑨見せる　：「～が　～に　～を　見せる」→先生が　学生に　答えを　見せた。（老師給學生看了答案。）

⑩言う　　：「～が　～に　名詞を　言う」→母は　先生に　お礼を　言った。（媽媽向老師道謝。）

　　　　　or「～が　～に　句子と　言う」→母は　父に　実家に帰ると　言った。（媽媽向爸爸說他要回娘家。）

　　　　　or「～が　～に　句子と　名詞を　言う」→父は　母に　実家に帰られたら困ると　文句を　言った。
　　　　　　（爸爸對媽媽抱怨，說她回娘家爸爸會很困擾。）

（※：註：關於「～と」，請參考第十八課。）

第三課 日語的句型

上一課，我們學習到了何謂**必須補語**、何謂**副次補語**。再來看一下上一課所提到的三個例句：

① 私が　本を　読む。（我讀書。）

② 学生たちが　教室に　入る。（學生們進教室。）

③ 春日さんが　天野さんを　濱川さんに　紹介した。（春日先生將天野先生介紹給濱川先生。）

我們從這三個例句學習到的，就是：「読む（讀）」這個動詞的必須補語為「～が　～を」；「入る（進入）」這個動詞的必須補語為「～が　～に」；而「紹介する（介紹）」這個動詞的必須補語為「～が　～を　～に」。

就有如上述例句，有些動詞的必須補語只有兩個，有些動詞的必須補語則有三個。那麼，有沒有必須補語是一個的，或是四個的呢？當然有：

④ 雨が　降っている。（正下著雨。）

⑤ 赤ちゃんが　泣いている。（嬰兒在哭泣。）

⑥ 兄が　本棚を　居間から　自分の部屋に　移した。（哥哥把書櫃從客廳搬到自己的房間。）

像是上面例句 ④ 描述自然現象的，或是例句⑤描述某人動作的自動詞，就只需要一個必須補語，語意就會完善。而例句⑥ 的動詞「移す（把…移動）」，則是至少需要四個必須補語，語意才會完善。

⑥' 兄が　居間から　自分の部屋に　移した。

⑥'' 兄が　本棚を　自分の部屋に　移した。

⑥''' 兄が　本棚を　居間から　移した。

　　例句⑥'少掉了「本棚を」，聽話者會頭上三個問號，問說「到底搬了什麼東西」；例句⑥''則是少掉了「居間から」，聽話者會頭上三個問號，問說「到底從哪裡搬」；例句⑥'''則是少掉了「自分の部屋に」，聽話者會頭上三個問號，問說「到底搬去哪裡」。當然，如果聽話者從說話的前後語境中，或者文章的前後文當中，就可以推測出「少掉的補語」為何，那就只是「省略」，而不是「不存在」。

　　像是這樣，需要一個必須補語的動詞，就稱作「**1 項動詞**」；需要兩個必須補語的動詞，就稱作「**2 項動詞**」；需要三個必須補語的動詞，就稱作「**3 項動詞**」；需要四個必須補語的動詞，就稱作「**4 項動詞**」。

　　⑦ あっ、停電した！

　　而像是例句⑦這樣，連一個必須補語都沒有，只是說話者很驚訝地說「停電了」的動詞，就稱作「**0 項動詞**」。

　　我們從一開始就一直提及，日文的核心是「述語」，而述語除了可以是「動詞」外，亦可以是「形容詞」或者是「名詞だ」。隨著述語的語意，會決定其前方的必須補語。不只是動詞，連形容詞與名詞也亦然。下表為各位整理出日語的基本句型，以及其代表性的詞彙。

述語的種類		句型（必須補語）	詞彙例（述語）
名詞だ		① ～が	学生だ、先生だ、医者だ、日曜日だ…
形容詞	1項形容詞	② ～が	暑い、忙しい、美味しい、高い、静かだ、賑やかだ、鮮やかだ…
	2項形容詞	③ ～が　～が	楽しい、悲しい、嬉しい、好きだ、嫌いだ、上手だ、苦手だ、得意だ…
		④ ～が　～に	甘い、弱い、詳しい、近い、熱心だ、夢中だ、不可欠だ…
		⑤ ～が　～と	親しい、そっくりだ、無関係だ、疎遠だ、正反対だ…
		⑥ ～か　～から	近い　遠い
動詞	0項動詞	⑦	停電する、春めく…
	1項動詞	⑧ ～が	泣く、笑う、起こる、倒れる、曲がる、優れる…
	2項動詞	⑨ ～が　～を	食べる、飲む、読む、壊す、倒す、建てる、聞く…
		⑩ ～が　～に	入る、付く、会う、キスする、話しかける、なる、一致する、関係する…
		⑪ ～が　～と	結婚する、喧嘩する、別れる、会う、キスする…
		⑫ ～が　～から	出る、取れる、できる（構成）、なる（構成）…
		⑬ ～に　～が	いる、ある、存在する、わかる、できる（能力）、聞こえる、見える…
	3項動詞	⑭ ～が　～に　～を	あげる、教える、送る、もらう、聞く、教わる、貼る、飾る、塗る…
		⑮ ～が　～を　～に	戻す、する、換える、紹介する…
		⑯ ～が　～から　～を	出す、離す、奪う、選ぶ、作る…
	4項動詞	⑰ ～が　～を　～から　～に	運ぶ、移す、動かす、治す、改める、翻訳する…

（※ 註：日文中，並非只有上表的 17 種句型。有些句型所使用的情況比較侷限，如：「会社側で必要な書類を用意する」（～で　～を），或者「私から結果を報告する」（から　～を）…等，又或者是有如表方向的「に」與「へ」可替換的情況，如：「私がアメリカに行く」可替換為「私がアメリカへ行く」（～が　～へ）就不再另立句型。）

從上表我們可以得知，日文的「名詞述語句」最單純，只有一種句型結構，就是「Aが（は）　名詞だ」。而「形容詞述語句」則是稍加複雜，有只有一個必須補語的「Aが（は）形容詞」的句型，也有兩個必須補語的「Aが（は）　Bが 形容詞」、「Aが（は）　Bに 形容詞」、「Aが（は）　Bと 形容詞」及「Aが（は）　Bと 形容詞」等五種。至於「動詞述語句」，則是最多元的，從不需任何補語，僅需單一動詞就可構成完整句子的「**0項動詞**」到需要使用到四個必須補語的「**4項動詞**」都有，林林總總大致上也有十種以上的句型。

下面，我們會將這 17 種句型所用到的詞彙，分別提出例句。舉例時，主語部分會在需要用「は」的地方，直接把表中的「が」代換為「は」。至於「は」究竟代表什麼含義？至於「は」跟「が」究竟有什麼不同？我們會在第四課詳細解說。

例句：

①・私**は**　学生だ。（我是學生。）

・彼**は**　先生です。（他是老師。）

・鈴木さん**は**　医者ではありません。（鈴木先生不是醫生。）

・昨日**は**　日曜日でした。（昨天是星期天。）

②・今日**は**　暑いです。（今天很熱。）

・昨日**は**　忙しかったです。（昨天很忙。）

・これ**は**　美味しくありません。（這個不好吃。）

・東京**は**　賑やかでした。（東京很熱鬧。）

③・私は　お金が　好きです。（我喜歡錢。）

　・彼は　日本語が　上手ではありません。（我日文不好。）

　・私は　学校が　楽しいです。（我覺得上學很開心。）

　・私は　君が来てくれたことが　楽しい。（你來，我感到很開心。）

④・彼は　不動産投資に　詳しい。（他對於不動產投資很了解。）

　・妻は　甘い物に　弱いです。（老婆對於甜食沒有抗拒力／喜歡甜食。）

　・僕は　彼女に　夢中だ。（我對她癡迷／神昏顛倒。）

　・良い食生活は　健康に　不可欠だ。（好的飲食生活，對於健康不可或缺。）

⑤・春日さんは　陳さんと　親しいです。（春日先生和陳先生很親近／是至交。）

　・彼女は　妹と　そっくりだ。（她長得和她妹妹一模一樣。）

　・その人は　俺と　無関係だ。（那個人跟我一點關係都沒有。）

　・彼は　家族と　疎遠だ。（他和他家人很疏遠。）

⑥・このマンションは　駅から　近いです。（這個電梯大樓離車站很近。）

　・あのアパートは　駅から　遠いです。（那個木造公寓離車站很遠。）

⑦ ・あっ、停電した！（啊，停電了！）

　・春めいてきましたね。（漸漸有春天氣息了。）

⑧ ・子供が　泣いている。（小孩正在哭泣。）

　・地震が　起こった。（發生地震了。）

　・ビルが　倒れた。（大樓倒塌了。）

　・彼は　優れている。（他很優秀／出色。）

⑨ ・犬が　餌を　食べている。（小狗正在吃飼料。）

　・私は　お酒を　飲まない。（我不喝酒。）

　・弟が　本を　読んでいる。（弟弟正在讀書。）

　・大工さんが　家を　建てた。（木工蓋了房子。）

⑩ ・学生たちが　教室に　入った。（學生們進了教室。）

　・私は　鈴木さんに　会った。（我見了鈴木先生。）

　・佐藤さんが　友人に　話しかけている。（佐藤先生正在對朋友搭話。）

　・彼の意見は　国の政策に　一致している。（他的意見和國家的政策一致。）

⑪・鈴木さんが　佐藤さんと　結婚するそうだ。（聽說鈴木先生和佐藤小姐結婚了。）

・私は　親友と　喧嘩した。（我和好朋友吵架了。）

・春日さんが　婚約者と　別れたらしい。（春日先生很像跟他的未婚妻分手了。）

・父は　私の婚約者と　会いたがらない。（我爸爸不想見到我的未婚妻。）

⑫・火事だ！~~あなたは~~　ここから　出ろ！（發生火災了！你趕快離開這裡。）

・ボタンが　ワイシャツから　取れた。（鈕扣從襯衫上脫落了。）

・この石鹸は　高級オイルから　できている。（這個香皂是用高級的油所製成的。）

・水は　水素と酸素から　なっている。（水是由氫跟氧所構成的。）

⑬・机の上に　本が　ある。（桌上有書。）

・教室に　学生が　いる。（教室裡有學生。）

・あなたに　何が　わかるの？（你懂什麼？）

・私には　天使が　見えなかった。（我看不到天使。）

⑭・父が　妹に　プレゼントを　あげた。（爸爸給妹妹禮物。）

・私は　外国人に　日本語を　教えている。（我教外國人日文。）

・弟が　おばあちゃんに　お小遣いを　もらった。（弟弟從奶奶那裡得到零用錢。）

・先生が　教室の壁に　カレンダーを　貼った。（老師在教室的牆壁上貼月曆。）

⑮・魔女は　野獣を　人間に　戻した。（魔女把野獸變回了人類。）

・会長が　鈴木さんを　社長に　した。（會長任命鈴木先生為社長。）

・私は　日本円を　アメリカドルに　換えた。（我把日幣換成美金。）

・春日さんが　天野さんを　濱川さんに　紹介した。（春日先生把天野先生介紹給濱川先生。）

⑯・犯人が　かばんから　銃を　出した。（犯人從包包裡面拿出了槍。）

・犯人は　私から　お金を　奪った。（犯人從我這裡搶了錢。）

・先生は　クラスの中から　委員長を　選んだ。（老師從班上選出班長。）

・科学者たちは　ウイルスから　ワクチンを　作った。（科學家們從病毒做出了疫苗。）

⑰・引っ越し業者が　家具を　外から　家の中に　運んだ。（搬家業者將傢俱從外面搬到家裡面。）

・兄が　本棚を　居間から　自分の部屋に　移した。（哥哥把書櫃從客廳搬到自己的房間。）

・私は　この本を　日本語から　英語に　翻訳した。（我把這本書從日文翻成英文。）

※ 註：關於4項動詞，若語境上不是很重視物體移動的起點或終點，又或者不是很重視物體變化前後的狀態，這時，即便它是4項動詞，也會「減項」成3項動詞，僅用「〜が　〜から　〜を」或「〜が　〜に　〜を」的型態。

請仿照例句，用螢光筆／網底 ▨▨▨▨ 把核心部分（述語）標出後，再圈出車廂部份的助詞（不必區分必須補語或副次補語）。

例：私(は)昨日デパート(で)服(を) 買いました。

---

① この部屋はきれいだね。

② TiN 先生は日本語文法に詳しいです。

③ これはコーヒーです。

④ 同僚が上司と結婚した。

⑤ イギリスは欧州連合から離脱した。

⑥ 留学生はパリを旅行した。

⑦ あの子は恋に悩んでいる。

⑧ 先生は今年の新しいカレンダーを壁に貼りました。

⑨ 学生たちは荷物を教室から外へ移した。

⑩ 息子はクラスメートからノートを借りた。

⑪ 机の上に本が置いてあります。

⑫ 昭和61年にチェルノブイリ原子力発電所で事故が起こった。

⑬ 台北から高雄まで新幹線で96分かかります。

⑭ 本社は女性社員を初めて採用した。

⑮ 今の大学生は大学生活をぼんやりと過ごしている。

💬 解答：

① この部屋(は)きれいだね。 （這房間很漂亮。）

② TiN 先生(は)日本語文法(に)詳しいです。 （TiN 老師對於日文文法很暸解。）

③ これ(は)コーヒーです。 （這是咖啡。）

④ 同僚(が)上司(と)結婚した。 （同事跟上司結婚了。）

⑤ イギリス(は)欧州連合(から)離脱した。 （英國脫歐了／從歐洲脫離了。）

⑥ 留学生(は)パリ(を)旅行した。 （留學生旅行了巴黎／在巴黎旅行。）

⑦ あの子(は)恋(に)悩んでいる。 （那個孩子為情而苦。）

⑧ 先生(は)今年の新しいカレンダー(を)壁(に)貼りました。 （老師將今年的新月曆貼在牆壁上。）

⑨ 学生たち(は)荷物(を)教室(から)外(へ)移した。 （學生們將行李從教室搬移到外面。）

⑩ 息子(は)クラスメート(から)ノート(を)借りた。 （兒子向同學借筆記。）

⑪ 机の上(に)本(が)置いてあります。 （桌上放有書。）

⑫ 昭和 61 年(に)チェルノブイリ原子力発電所(で)事故(が)起こった。 （昭和 61 年車諾比核電廠發生了事故。）

⑬ 台北(から)高雄(まで)新幹線(で)９６分かかります。 （從台北到高雄搭新幹線需要 96 分鐘。）

⑭ 本社(は)女性社員(を)初めて採用した。 （總公司第一次採用女性社員。）

⑮ 今の大学生(は)大学生活(を)ぼんやりと過ごしている。 （現在的大學生渾渾噩噩地過著生活。）

第四課 格助詞與副助詞

　　在第一課時我們就提到：補語，是由一個「名詞＋格助詞」的單位所組成。也因此，在上一課的日語基本句型表格裡，無論是名詞、形容詞還是動詞，主語部分都只有使用到「が」。但是在例句中，卻時不時就見到「は」，也就是本書到目前為止的說明，似乎非常不專業，「が」「は」不分。很抱歉，這是因為解釋上的權宜之計。本單元就要來告訴同學，其實日文中的「が」與「は」，是屬於不同種類的動詞。

　　日文的助詞，可以分成四類：

　　① 格助詞　：が、を、に、で、から、より、まで、へ、と…

　　② 副助詞　：は、も、こそ、さえ、でも、しか、だけ、まで、ばかり、ほど、ぐらい…

　　③ 接續助詞：〜て、〜から、〜ので、のに、〜が、〜ても、〜と、〜ながら、〜し…

　　④ 終助詞　：わ、よ、ね、さ、ぜ、ぞ、か…

　　從上面的分類我們可以得知，「**が**」屬於**格助詞**，而「**は**」則是屬於**副助詞**。格助詞我們已經談了整整三課，它就是用來表達其前接的名詞與後面述語之間關係的助詞。而至於副助詞，則是用來將「句子中的其中一部分」特別打上聚焦鎂光燈，特別提出來主題化、強調、類比、限定…等所用。

　　・明日　宿題を　します。（明天做功課。）

　　・宿題をは　明日　します。（功課明天做。）

我們來看看上面的例句。「明日　宿題を　します」這句話，動詞「する」的句型，就是上一課表格中所提到的第⑨項句型。「する」就是一個需要「～が　～を」兩個必須補語的2項動詞。這句話最原始的講法，應該是「私が　宿題をします」。「私が」與「宿題を」為「必須補語」，而「明日」則為時間副詞，亦可算是事後加上去，加不加都不會影響「する」這個動詞使用上完整性的「副次補語」。而由於這句話已經是「我」講的了，因此在語境下可判斷的情況下，省略了主語「私が」，因此才僅講出「明日　宿題を　します」。

　　「は」屬於副助詞。若我們要針對**「宿題を」**這個部分打上聚焦鎂光燈，特別論述，就可以將它改為**「宿題は」**，並且將其移至句首。有別於「明日　宿題を　します」僅是單純描述明日要做作業這件事，當我們將「宿題を」的部分移前做主題，以「宿題**は**　明日します」的形式表達時，這句話則是在針對「宿題」做討論。例如媽媽問你說：**「宿題は　もうした？**（功課做了沒）」，這時你就會針對目前討論的主題「宿題」來做回覆，說：**「宿題は　明日します（功課明天做）」**。

　　・パーティーで　鈴木さんに　会いました。（在派對中見到了鈴木先生。）

　　・パーティーで　山田さんに　会いませんでした。（在派對中沒見到山田先生。）

　　⇒パーティーで　鈴木さんに**は**　会いましたが、山田さんに**は**　会いませんでした。

　　（在派對中見到了鈴木先生，但沒見到山田先生。）

　　「は」除了可以表「主題」以外，亦可以表「對比」。就有如上例：「パーティーで　鈴木さんに　会いました」、「パーティーで　山田さんに　会いませんでした」。這兩句話，僅是單純敘述派對當時所發生的事。但若將兩句話合併，並在**對象部分都附加上「は」**，則用來表達「拿鈴木與山田這兩部分來做對比」。表示「相對於有見到鈴木，但卻沒有見到山田」。沒錯！「会う」這個動詞的句型，就上一課表格中所提到的第⑩項句型，是需要「～が　～に」兩個必須補語的2項動詞。兩句話一樣都是省略了主語「私が」，至於「パーティーで」則是屬於不會影響動詞完整性的「副次補語」。

・私が　パーティーで　鈴木さんに　会いました。

・私は　パーティーで　鈴木さんに　会いました。

　在前面「宿題は　明日　します」的那個例句當中，我們將表目的語（受詞）的必須補語「宿題を」，用副助詞「は」來聚焦，並搬到前面當作是「主題」。難道，就只有目的語才可以搬到前面當主題嗎？當然不！表主語的必須補語「私が」也可以搬到前面當主題（只是它原本就在句子的最前面）。上面兩例，就是將主語「私が」變成主題「私は」的例子。至於這兩句話有什麼不同？請看下面我娓娓道來：

　剛剛講說，「会う」這個句型，它需要兩個補語。因此「文法」層面上，會有兩個必須補語「～が　～に」。所以這句話用正式的句型結構講出來，就會是「私が　鈴木さんに　会いました」。接下來，我們來討論一下「語意」層面的問題。雖然說，表示句型時，會使用正式的句法結構，如「～が　～を」「～が　～に」「～が　～に　～を」…等。這是因為「～が」是格助詞，為了語法上的標示方便，才會使用「～が」來做表示。但事實上，日文當中，凡是「**名詞述語句、形容詞述語句、或是動詞述語句的第一、二人稱**」時，會習慣直接就將主語「が」的部分給主題化，直接使用「は」來講。這是日語中的習慣。這也就是為什麼大部分的教科書，都會先開始教導文法概念較為困難的「は」的原因了。

　至於「**動詞述語句的第三人稱**」，則多為說話者對於眼前的現象描述，故不需要主題化，因此還是會以「が」來表示。例如：「赤ちゃんが　泣いている」、「子供たちが　遊んでいる」…等。

　上面在派對見了鈴木先生的那兩個例句，明顯是**動詞述語句第一人稱**，因此說話者在講話時，會直接把主語給主題化，講「私は　パーティーで　鈴木さんに　会いました」，才符合日文的習慣。若在「**名詞述語句、形容詞述語句、或是動詞句述語句的第一、二人稱**」的情況下，還按照句型結構，直接使用「～が　～に　会いました」，不將主語主題化，還是執意使用「が」的話，反而會產生言外之意，多了一層產生了強調「在派對上見到鈴木的人，不是別人，而是我」的特殊含義。這種用法，就稱作是「排他」。

・子供たち**が**　遊んでいる。

・子供たち**は**　遊んでいる。

　　但若是**動詞述語句第三人稱**的句子，則按照正式的句型結構，直接使用「～が　遊んでいる」（※ 註：「遊ぶ」亦有 1 項動詞的用法，句型⑧），才是最一般的講法。將「子供たちが」主題化為「子供たちは」，反而才會產生言外之意。使用於對於疑問句的回答。「Ａ：子供たちは　どこ？　Ｂ：子供たちは　公園で　遊んでいるよ。」

（※ 註：關於「は」與「が」在表示人作為句子主題以及動作主語的用法，可參考姐妹書《穩紮穩打！新日本語能力試驗 N4 文法》第三單元。更多關於「は」跟「が」的詳細用法，可以參考弊社出版的『你以為你懂，但其實你不懂的日語文法 Q&A』一書。）

　　此外，使用副助詞將「車廂部分」打上聚焦鎂光燈時，若這個車廂是「～が」或者是「～を」，則「～が」、「～を」必須刪除，直接以「は」、「も」等副助詞取代。若是車廂（無論是必須補語還是副次補語）為「～に、～で、～から、～まで、～より、～へ、～と」時，則僅須將「は」、「も」等副助詞放在後方，以「～に**は**、～で**は**、～から**は**、～まで**は**、～より**は**、～へ**は**、～と**は**」「～に**も**、～で**も**、～から**も**、～まで**も**、～より**も**、～へ**も**、～と**も**」…等的形式即可。

　　最後，副助詞除了可以將上述的「車廂部分」打上聚焦鎂光燈以外，還可以將句子中的「副詞」部分、「子句」部分甚至是「述語」部分都打上聚焦鎂光燈。因此副助詞跟格助詞，可以說是完全不同層次的助詞。

・ときどき　運動しています。（偶爾運動。）

　　時間副詞

→ときどきは　運動してくださいね。（請你偶爾還是要運動喔。）

　　時間副詞＋副助詞は

・留学するために、一生懸命日本語を勉強しています。（為了留學，努力學日文。）

　　副詞子句

→留学するためには、一生懸命日本語を勉強しなければならない。（為了要去留學，就非得努力學日文不可。）

　　副詞子句＋副助詞は

・毎日　遊んでいる。（每天玩。）

　　　　　　動詞述語

→毎日　遊んでばかりいる。（每天都只顧著在玩。）

　　　　　動詞述語插入副助詞ばかり

📄 **隨堂練習：**

請仿造例句，將下列的句子還原成僅有格助詞的基本結構（即便還原後，語意不通順也無妨，本練習的目的在於抓出基本結構）。

例：子供たちは公園で遊んでいます。

　　→子供たち**が**　公園**で**　遊んでいます。

例：レポートは鉛筆で書かないでください。

　　→鉛筆**で**　レポート**を**　書かないでください。

---

① 息子は甘い物ばかり食べている。（我兒子盡是吃一些甜食。）

→

② 事件現場には３人はいました。（犯罪現場至少有三人。）

→

③ スポーツでは弟なんかに負けたくない。（就運動方面，我絕不想輸給弟弟。）

→

④ 父は紅茶は飲むが、コーヒーは飲まない。（我爸爸喝紅茶，但他不喝咖啡。）

　→

⑤ 昨日、パーティーで田中さんにも会った。（昨天在派對上也見了田中先生。）

　→

⑥ 私は一度だけアメリカへ行ったことがある。（我只去過一次美國。）

　→

⑦ テレビを見てばかりいないで、勉強しなさい。（不要一直看電視，快去讀書。）

　→

⑧ あなたまで私を裏切るの？（連你也要背叛我嗎？）

　→

⑨ 馬鹿にしないで、ゆで卵ぐらい作れるよ。（不要把我當笨蛋，水煮蛋這種簡單的東西我會做。）

　→

⑩ テスト後にどこが間違っていたかだけ調べた。（我考試後，就只查了哪裡寫錯。）

→

💬 解答：

① 息子**が** 甘い物**を** 食べている。

② 事件現場**に** 3人 いました。

③ スポーツで 弟**に** 負けたくない。

④ 父**が** 紅茶**を** 飲むが、コーヒー**を** 飲まない。

⑤ 昨日 パーティーで 田中さん**に** 会った。

⑥ 私**が** 一度 アメリカへ行ったこと**が** ある。

⑦ テレビ**を** 見ていないで、勉強しなさい。

⑧ あなた**が** 私**を** 裏切るの？

⑨ 馬鹿にしないで、ゆで卵**が** 作れるよ。

⑩ テスト後**に** どこが間違っていたか**を** 調べた。

第五課 連體與連用

在第三課，我們探討的補語＋述語的 17 種句型結構，是日文的基本句型，也就是日文的**「骨幹」**。日文就跟人體一樣，光是有骨幹是不夠的，雖然看得出這個人的形狀（基本語意），但是總是像 X 光片一樣，只有形而沒有肉。為了更豐富一個句子的意涵，達到傳遞語意的效果，總是需要多加一些血與肉、甚至是表皮。這些血肉與表皮，就是句子中的「修飾語」。

修飾語用來修飾日文中的骨幹（在骨頭上面加上血與肉）時，依照修飾的對象（這一塊肉究竟是附著在哪一根骨頭上的肉），又可分成用來**修飾名詞的「連體修飾」**，以及用來**修飾動詞、形容詞等的「連用修飾」**兩種。由於名詞在日語語法中屬於體言，因此得名「連體修飾」。同理，形容詞與動詞屬於用言，因而得名「連用修飾」。

先來看看「連體修飾」。日文中，能夠用來修飾名詞的，除了可以使用①イ形容詞外，亦可使用②ナ形容詞、③名詞、④連體詞、⑤單一動詞、或直接使用⑥一個完整的句子來修飾名詞。

① イ形容詞修飾名詞 　　：難しい本／重い本／懐かしい本

② ナ形容詞修飾名詞 　　：好きな本／貴重な本／専門的な本

③ 名詞修飾名詞 　　　　：私の本／図書館の本／江戸時代の本

④ 連體詞修飾名詞 　　　：ある本／この本／あらゆる本

⑤ 動詞修飾名詞 　　　　：読む本／借りた本／違う本

⑥ 完整的句子修飾名詞 　：昨日太郎が図書館で読んだ本

上述的①～⑥項，都是用來修飾名詞（體言）的方式，這種修飾法就稱作「連體修飾」。有些文法書則是直接稱作「名詞修飾」。至於像是第⑥項這種直接用一個句子來修飾一個名詞的，其修飾部分（底線部分），就稱作是「連體修飾句」或「名詞修飾節」。也因為這樣的句子，其功能就等同於一個形容詞，用來修飾一個名詞，因此本書將這樣的修飾句，統稱為「**形容詞子句**」（Adjective Clause）。形容詞子句是學習長句的一個很大的重點，關於形容詞子句，我們會在第六課到第十課詳細探討。

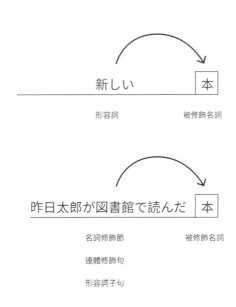

接下來，我們來看看「連用修飾」。動詞與形容詞屬於「用言」。日文中，能夠用來修飾動詞的，除了可以使用①副詞外，亦可使用②イ形容詞副詞形、③ナ形容詞副詞形、④名詞＋格助詞所構成的補語（車廂）、⑤動詞て形、或直接使用⑥一個完整的句子來修飾動詞。能夠用來修飾形容詞的，則是有⑦的副詞以及⑧的補語（車廂）。

① 副詞修飾動詞　　　　　　：<u>ゆっくり</u>食べる／<u>へらへら</u>笑う／<u>たぶん</u>来ない

② イ形容詞副詞形修飾動詞　：<u>早く</u>来て／<u>楽しく</u>遊ぼう／<u>暑く</u>なる

③ ナ形容詞副詞形修飾動詞　：<u>静かに</u>寝る／<u>有名に</u>なった／<u>上品に</u>歩く

④ 補語（車廂）修飾動詞　　：<u>バスで</u>行く／<u>ご飯を</u>食べる／<u>雨が</u>降る

⑤ 動詞て形修飾動詞　　　　：<u>歩いて</u>行く／<u>連れて</u>来る／<u>立って</u>寝る

⑥ 副詞子句修飾動詞　　　　：<u>眼鏡をかけて</u>出かける

⑦ 副詞修飾形容詞　　　　　：<u>すごく</u>美味しいです。／<u>とても</u>静かです。

⑧ 補語（車廂）修飾形容詞　：<u>駅から</u>遠いです。／<u>野球に</u>夢中です。

　　上述的①～⑧項，都是用來修飾動詞或形容詞（用言）的方式，這種修飾法就稱作「連用修飾」。至於像是上述的第⑥項這種直接用一個句子來修飾一個動詞或形容詞，甚至是後方一整個句子的，其修飾部分（底線部分），就稱作是「連用修飾句」或「副詞節」。也因為這樣的句子，其功能就等同於一個副詞，用來修飾一個動詞或形容詞，因此本書將這樣的修飾句，統稱為**「副詞子句」**（Adverb Clause）。副詞子句可以說是學習長句的一個最重要的部分，關於副詞子句，我們會在第十八課以後詳細探討。

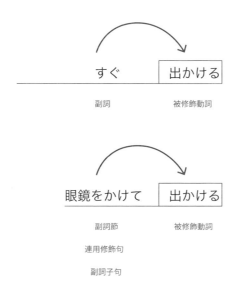

此外，「副詞」除了可用來修飾「動詞」以及「形容詞」以外，亦可用來修飾「副詞」或「名詞」，但數量不多，僅需稍微了解即可。

⑨ 副詞修飾副詞　　　　　：もっと楽しく／ちょっと静かに

⑩ 副詞修飾名詞　　　　　：すぐ右／少し左／もっと上

弄懂日文的兩種修飾方式後，我們就來舉一個 2 項動詞「食べる」的例句，一起來看一下修飾構造吧。

　　・私は　ご飯を　 食べる

「食べる」這個 2 項動詞，前面需要兩個必須補語「～が　～を」。上述的「私は　ご飯を　食べる」這一句話，就剛好是滿足了「食べる」這個動詞所要表達的最基本的語意。當然，說話者可能會想要在進行更詳細的描述，可能會想傳達吃的時間點，因此又加上了「昨日」這個副詞。也可能想要傳達吃的地點，因此再加上了一個車廂「～で」。於是這句話就會變成：

　　・私は　　昨日　　レストランで　　ご飯を　 食べた。

按照第二課所學到的，我們知道「昨日」與「レストランで」這兩個成分，屬於「副次補語」。用來補足「食べる」這個動詞，讓句子的語意更詳細。同時，在本課所學到的連用修飾①當中，我們也知道這就是以時間副詞「昨日」來修飾動詞「食べる」的，因此「昨日　食べた」也構成了本課所學的「連用修飾」。此外，在本課所學到的連用修飾④當中，我們也知道這個就是以補語（車廂）「レストランで」來修飾動詞「食べる」的「連用修飾」。因此本課所學的「連用修飾」，與前幾課所學的「補語」概念，是相容且互不衝突的。

至於車廂部分，由於是「名詞＋格助詞」組成的。而我們在本課也學習到，形容詞是可以修飾名詞（連體修飾）的。因此可以幫這個句子再加上一點血與肉：

・私**は** 昨日 あのレストラン**で** 美味しいご飯**を** 食べた。

補上血與肉後，句子的語意就更加豐富了。上句的修飾構造如下：

(※ 註：下例中，畫底線部分為修飾語、框框部分的名詞為被修飾的名詞、粗體助詞則為主要子句的車廂之助詞。核心（述語・火車頭）則以紫色網底表示。)

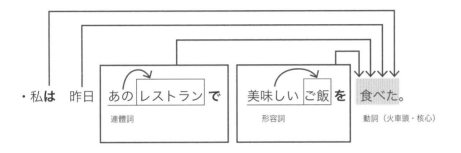

・私**は** 昨日 あの レストラン **で** 美味しい ご飯 **を** 食べた。

連體詞　　　　　　　形容詞　　　　　　動詞（火車頭・核心）

請仿造例句，找出下列畫底線的部分所修飾的對象，並用框框將被修飾的對象框起來。若有餘力，可試著寫出修飾的種類。

例：ぜひ、<u>使い方が簡単な</u>カメラを買いたい。

→ ぜひ、<u>使い方が簡単な</u> 　カメラ 　を買いたい。（連體修飾）

例：ぜひ、<u>使い方が簡単な</u>カメラを買いたい。

→ ぜひ、<u>使い方が簡単なカメラを</u> 買いたい 。（連用修飾）

例：ぜひ、<u>使い方が簡単な</u>カメラを買いたい。

→ ぜひ、<u>使い方が</u> 簡単 なカメラを買いたい。（連用修飾）

① この大きなかばんは誰のですか。（這個大包包是誰的呢？）

→

② 私が一番好きなのはあのかばんです。（我最喜歡的，是那個包包。）

→

③ 私の英語の先生はイギリス人です。（我的英文老師是英國人。）

→

④ 大きくて立派な家に住んでいる。（我／他住在又大又雄偉的房子。）

→

⑤ 立派で大きい家に住んでいる。（我／他住在既雄偉又大的房子。）

→

⑥ 静かに廊下を歩きましょう。（在走廊請放輕腳步。）

→

⑦ 芸能人だった鈴木さんは都知事に選ばれたそうだ。（聽說原本是藝人的鈴木先生，當選了東京都知事。）

→

⑧ 昨日、利香ちゃんと公園へ行きました。（昨天和利香去了公園。）

→

⑨ 来年のお祭りは、昨日利香ちゃんと行った公園で行われる予定です。

（明年的祭典預定要在昨天和利香去的公園舉辦。）

→

⑩ ご飯を食べる前に手を洗ってください。（吃飯之前請洗手。）

→

⑪ 激しい運動をしました。（我做了很激烈的運動。）

→

⑫ 激しく運動をしました。（我做運動做得很激烈。）

→

⑬ フランス革命に関する本を書きました。（我寫了一本關於法國革命的書。）

→

⑭ フランス革命に関して本を書きました。（關於法國革命，我寫了一本書。）

→

⑮ 商品に関しての問い合わせは、メールでお願いします。（詢問有關於商品的問題，請使用 E-mail。）

→

💬 解答：

① <u>この大きな</u> かばん は誰のですか。（連体修飾）

② 私が<u>一番</u> 好きな のはあのかばんです。（連用修飾）

③ <u>私の英語の</u> 先生 はイギリス人です。（連体修飾）

④ <u>大きくて</u> 立派な 家に住んでいる。（連用修飾）

⑤ <u>立派で大きい</u> 家 に住んでいる。（連体修飾）

⑥ <u>静かに</u>廊下を 歩きましょう 。（連用修飾）

⑦ <u>芸能人だった</u> 鈴木さん は都知事に選ばれたそうだ。（連体修飾）

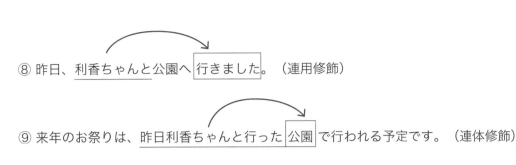

⑧ 昨日、利香ちゃんと公園へ 行きました 。（連用修飾）

⑨ 来年のお祭りは、昨日利香ちゃんと行った 公園 で行われる予定です。（連体修飾）

⑩ ご飯を食べる前に手を 洗ってください 。（連用修飾）

⑪ 激しい 運動 をしました。（連体修飾）

⑫ 激しく運動を しました 。（連用修飾）

⑬ フランス革命に関する 本 を書きました。（連体修飾）

⑭ フランス革命に関して本を 書きました 。（連用修飾）

⑮ 商品に関しての 問い合わせ は、メールでお願いします。（連体修飾）

形容詞子句

adjective
clause

第六課 形容詞子句

　　上一課最後的「私は　昨日　あのレストランで　美味しいご飯を　食べた」這一句話當中，包含了必須補語與副次補語。這樣最簡單形式的句子，本書就稱作是句子的「**骨骼**」。因為這個骨骼部分就是句子的基本架構。往後再怎麼複雜的句子，只要你知道如何將句子的皮扒開、血抽出、肉剔除，自然就會得到句子的「骨骼」，這樣就會很清楚地知道一個句子的基本含義，接下來再一一分析血、肉以及皮的成分，這樣，你就會完全了解這一個人的人體結構（完全看懂這個句子的全意）。

　　在學會拆解句子之前，我們必須先知道如何組裝句子。因此，本課就針對如何造出形容詞子句（連體修飾句）來進行學習。在上一課，我們學習到，如果將一個句子擺在名詞的前方，其功能就等於是形容詞，因此稱作是形容詞子句。

新しい	本
形容詞	被修飾名詞

昨日太郎が図書館で読んだ	本
名詞修飾節	被修飾名詞
連體修飾句	
形容詞子句	

會被稱作是「子句」或者是「節」（「子句」在日文中稱為「節」），就是因為當它拿來修飾名詞後，它就變成了句子當中，用來修飾的一個成分而已，已經喪失了它原本作為獨立句子的地位，變成了另一個更大句子當中的其中一個部分而已，因此屬於「**從屬子句**」的一種。而它上層那個更大的句子，就稱為「主要子句」或者「母句」。

主要子句（母句）：本は　面白かったです

　「從屬子句」依照其句法上的功能，又可以細分為本課介紹的 1.「形容詞子句」、以及往後將會介紹的 2.「名詞子句」以及 3.「副詞子句」。

　我們在第三課時，學到了日文的句子，分成「三大述語句」：①以動詞結尾的「**動詞述語句**」，②以名詞結尾的「**名詞述語句**」，以及③以イ、ナ形容詞結尾的「**形容詞述語句**」。這三種述語句，也都可以拿來作為「形容詞子句」，來修飾一個名詞。要將句子拿到名詞前方，作為名詞修飾節來修飾某名詞時，有兩個限制：1. 表動作者的「は」必須改為「が」。2. 一定要使用名詞修飾形（不可使用です／ます）。（※註：下例中，畫底線部分為形容詞子句、框框部分的名詞為被修飾的名詞。）

① 將「動詞述語句」拿來修飾名詞

・昨日　太郎**は**　図書館**で**　本**を**　読みました。（昨天太郎在圖書館讀了書。）

→ 昨日　太郎**が**　図書館で　読んだ 本 （昨天太郎在圖書館所讀的書）

② 將「名詞述語句」拿來修飾名詞

・田中さん**は**　三友商事の　社長です。（田中先生是三友商事的社長。）

→ 三友商事の　社長の 田中さん （三友商事的社長田中先生）

③ 將「形容詞述語句」拿來修飾名詞

・あの店**は**　カレーライス**が**　美味しいです。（那一間店的咖哩飯很美味。）

→ カレーライスが　美味しい （あの）店 （咖哩飯很美味的＜那間＞店）

・鈴木さん**は**　歴史**に**　詳しいです。（鈴木先生對於歷史很了解。）

→ 歴史に　詳しい 鈴木さん （對於歷史很了解的鈴木先生）

・昔は　この辺り**は**　静かでした。（以前這附近很安靜。）

→ この辺り**が**　静かだった 昔 （這附近很安靜的當時）

關於上述兩點的限制，有以下補充說明：

若子句中的「は」不是表動作者，而是表**對比**時，則即便為形容詞子句，仍可使用「は」。

- 富士山**は**　見えるけど、東京タワー**は**　見えない 部屋
（看得到富士山，但卻看不到東京鐵塔的房間。）

雖說形容詞子句不可使用「です／ます」，但若是使用於廣播或服務業等的場景時，有些許例外。

- 次に　参ります 電車 は、特急、田無行きです。（下一班電車，是特快車，前往田無。）
- 止まります 階 は、３階、６階と　７階でございます。
（＜本電梯＞將於三樓、六樓與七樓停止。）

另外，形容詞子句中，若表主語的「が」緊接著動詞，則「が」亦可替換為「の」。若「が」與動詞間還有其他補語，則不習慣替換。

- 太郎**が**　買った 本
○太郎**の**　買った 本 （太郎所買的書。）

- 昨日　太郎**が**　図書館で　読んだ 本 （昨天太郎在圖書館讀的書。）
? 昨日　太郎**の**　図書館で　読んだ 本

📄 隨堂練習：

下例中，框框的部分為名詞。請仿造例句，把後方括弧中的句子，拿到框框名詞的前方，改為形容詞子句來修飾此名詞。

例：私は昨日、デパートで 服 を買いました。（有名なデザイナーが設計しました。）

→ 私は昨日、デパートで 有名なデザイナーが設計した 服 を買いました。

（昨天我在百貨公司買了　個由知名設計師所設計的衣服。）

---

① これは かばん です。（原宿のデパートで買いました。）

→

② ラーメン は美味しいです。（山本さんが作りました。）

→

③ 私は昨日、本 を鈴木さんに貸しました。（アメリカの本屋で買いました。）

→

④ 今日は 時間 がありません。（日本語を勉強します。）

→

⑤ 山田さんはあの 人 をよく知っています。（背が高いです。）

→

💬 解答：

① これは原宿のデパートで買った かばん です。（這是在原宿的百貨公司買的包包。）

② 山本さんが作った ラーメン は美味しいです。（山本先生做的拉麵很好吃。）

③ 私は昨日、アメリカの本屋で買った 本 を鈴木さんに貸しました。（我昨天把在美國買的書借給了鈴木先生。）

④ 今日は日本語を勉強する 時間 がありません。（今天沒時間讀日文。）

⑤ 山田さんはあの背が高い 人 をよく知っています。（山田先生認識那個身高很高的人。）

第七課 兩種形容詞子句

形容詞子句，依其構造又可分為①「内の関係」與②「外の関係」兩種。詳細請看下面說明。

（※ 註：下例中，畫底線部分為形容詞子句、框框部分的名詞為被修飾的名詞。）

　　日文的動詞述語句，動詞（核心）擺在最右方（最後方）。而主語、場所、對象、工具、目的語…等補語（車廂）則擺在動詞左方（前方），以「A は　B で　C に　D を　動詞」…等這樣的型態呈現（依動詞的不同，前面所使用的車廂組合也不同，請參閱第三課基本句型表格）。上述的「A は」「B で」「C に」「D を」這些部分就是補語（車廂）。而這些車廂，其實是可以分別拿到句子後方，來當作是被修飾的名詞喔。車廂移後時，原本的助詞會刪除。像是這樣，將句子中的車廂，拿到後面當作是被修飾的名詞的修飾方式，就稱作是**「内の関係」**。

・鈴木さんは　パソコンで　友達に　メールを　書きました。（鈴木先生用電腦寫 E-mail 給朋友。）

　A 車廂　　　B 車廂　　　C 車廂　　D 車廂　　　動詞

A 車廂移後當被修飾名詞：　　パソコンで　友達に　メールを　書いた 鈴木さん（用電腦寫 E-mail 給朋友的鈴木先生）

B 車廂移後當被修飾名詞：　　鈴木さんが　友達に　メールを　書いた パソコン（鈴木先生用來寫 E-mal 給朋友的電腦）

C 車廂移後當被修飾名詞：　　鈴木さんが　パソコンで　メールを　書いた 友達（鈴木先生用電腦來寫 E-mail 所給的朋友）

D 車廂移後當被修飾名詞：　　鈴木さんが　パソコンで　友達に　書いた メール（鈴木先生用電腦寫給朋友的 E-mail）

若車廂為「〜から」，則有些情況可以移後當被修飾名詞，有些情況不行。如下例第一句，語意可以很明顯辨識「房間」為看得到東京鐵塔的起點時，就可移後當被修飾名詞。但像是第二句，「Ａ市」後移當被修飾名詞時，由於刪除了「から」，以致於無法辨識鈴木到底是從Ａ市來的，還是從別的地方來到Ａ市的。因此這種情況就無法將車廂「〜から」後移當被修飾名詞。

・$\boxed{部屋\textbf{から}}$ 東京タワー**が**　見えます。（從房間看得到東京鐵塔。）

→○東京タワーが　見える $\boxed{部屋}$（看得到東京鐵塔的房間）

・鈴木さん**は** $\boxed{Ａ市\textbf{から}}$　来ました。（鈴木先生從Ａ市來的。）

→?鈴木さんが　来た $\boxed{Ａ市}$（鈴木先生來的Ａ市）

接下來，我們來看看何謂「**外の関係**」。先來看看兩個例句：

・カレーを　作る $\boxed{男}$（做咖哩的男人）

可以還原成車廂→ 男は（**が**）　カレー**を**　作ります。（那個男人做咖哩。）

・カレーを　作る $\boxed{匂い}$（做咖哩的味道）

無法還原成車廂→ 匂い（×が／×を／×に／×で／×へ／×から）　カレー**を**　作ります。

被修飾的名詞，即便它原本並不屬於句子裡的其中一個車廂，但它也依然能夠擺在動詞句後方當作被修飾名詞。如上面第一例，「男」是原本句子中的主語車廂，因此可以還原為「男は」或「男が」。這樣的關係就是**「内の関係」**。但第二句的「匂い」，它並不屬於原本句子裡面的任何一個成分（車廂）。但「匂い」這個名詞依然可以當作是被修飾的名詞。這樣的關係就稱作是**「外の関係」**。

　　以下為「外の関係」的例句。這些皆無法還原成車廂。

・英語を　教える │仕事│（教英文的工作）
・電車が　走る │音│（電車行走的聲音）
・あなたが　ここに　来た │理由│（你來到這裡的理由）

　　「外の関係」時，若被修飾名詞為「意見、噂、考え、ニュース」…等表達發話或思考的名詞時，名詞修飾節與被修飾名詞的中間，多半會插入「という」。（※ 註：「？」代表不通順，但不是絕對的錯誤。）

・？ 真理子さんが　専務と　付き合っている │噂│
　○ 真理子さんが　専務と　付き合っている**という**│噂│（真理子小姐正在和常務董事交往的謠言。）

・？ 新型コロナウイルスが　パンデミックに　なった │ニュース│
　○ 新型コロナウイルスが　パンデミックに　なった**という**│ニュース│（武漢肺炎已全球大流行的新聞。）

・私には、将来歌手になる**という** 夢 **が** あります。（我有一個夢，就是將來想要當歌手。）

・男の子の顔は父親より母親に似る**という** 話 **を** 聞いた。

（我聽到了一種說法，就是男生的臉比起父親會更像母親。）

📄 **隨堂練習：**

下例中，框框的部分為名詞。請仿造例句，把後方括弧中的句子，拿到框框名詞的前方，改為形容詞子句來修飾此名詞，並視情況看需不需要加上「～という」。若有餘力，可試著寫出修飾關係的種類，若為「内の関係」，則試著將被修飾的名詞還原至車廂內部。

例：スミスさんは 辞書 を探しています。（外来語がたくさん出ています。）

　→ スミスさんは外来語がたくさん出ている 辞書 を探しています。（内の関係：辞書に　外来語が　出ている）

例：株式会社ペコスから ファックス が入りました。（今朝商品を送りました。）

　→ 株式会社ペコスから今朝商品を送った**という** ファックス が入りました。（外の関係）

---

① 隣の部屋から 声 が聞こえます。（赤ちゃんは泣いています。）

→

② さっき、葉先生から 連絡 がありました。（30 分ぐらい遅れます。）

→

③ 鈴木さんは イタリア料理店 が好きです。 （福山先生に教えてもらいました。）

→

④ 春日さんから 連絡 がありました。 （明日５時から会議です。）

→

⑤ ニュース は久々の明るい話題だ。 （ついに新型コロナウイルスのワクチンができました。）

→

⑥ 問題 は核兵器の廃棄に関する問題でした。 （2018 年の米朝首脳会談で協議しました。）

→

💬 解答：

① 隣の部屋から赤ちゃんが泣いている 声 が聞こえます。（外の関係）
（從隔壁傳來嬰兒哭泣的聲音。）

② さっき、葉先生から 30 分ぐらい遅れる**という** 連絡 がありました。（外の関係）
（剛才葉老師＜來訊／來電＞聯絡說他會遲到 30 分鐘左右。）

③ 妹は福山さんが買ってくれた 洋服 が好きです。（内の関係：福山さんが　洋服を　買ってくれた）
（妹妹很喜歡福山先生買給她的衣服。）

④ 春日さんから明日 5 時から会議だ**という** 連絡 がありました。（外の関係）
（春日先生聯絡說，明天從五點開始開會。）

⑤ ついに新型コロナウイルスのワクチンができた**という** ニュース は、久々の明るい話題だ。（外の関係）
（武漢肺炎的疫苗終於完成了，這則新聞是久違的好消息。）

⑥ 2018 年の米朝首脳会談で協議した 問題 は、核兵器の廃棄に関する問題でした。
（内の関係：米朝首脳会談で　問題を／について　協議した）
（2018 年的川金會＜美國與北韓的首腦會談＞所協議的問題，是關於放棄核武的問題。）

（※ 註：「〜について」為「複合格助詞」；「問題について」其地位就等同於「問題を」，都屬於「車廂」。）

第八課　母句與形容詞子句

　　形容詞子句修飾名詞時，例如「先週觀た映画」，整個「先週觀た 映画 」的部分，就相當於一個名詞的地位。既然相當於一個名詞的地位，那它就可以整個擺在「が、を、に、で」…等格助詞的前方，當作母句（主要子句）中的一個車廂。

・先週　觀た 映画 は　面白かった。（上個星期看的電影很有趣。）

・先週　觀た 映画 が　好きです。（我喜歡上個星期看的電影。）

・先週　觀た 映画 を　友達に　紹介した。（我把上個星期看的電影介紹給了朋友。）

・山田さんが　建てた 家 に　住んでいます。（我住在山田先生蓋的房子。）

・山田さんが　建てた 家 で　パーティーを　した。（我在山田先生蓋的房子辦了派對。）

・山田さんが　建てた 家 を　買いました。（我買了山田先生蓋的房子。）

・山田さんが　建てた 家 へ　行きました。（我去了山田先生蓋的房子。）

・山田さんが　建てた 家 から　うちまで　歩いて　帰りました。（從山田先生蓋的房子走回我家。）

　　換句話說：凡是「一個句子當中的名詞部分，都可使用形容詞子句來修飾此名詞」。下列例句，分別在「鈴木さん」、「レストラン」、「ご飯」三個名詞前，加上形容詞子句。（下例中，畫底線部分為形容詞子句、框框部分的名詞為被修飾的名詞、粗體助詞則為主要子句的車廂之助詞。母句的動詞，則以紫色網底表示。）

・昨日 鈴木さんは レストランで ご飯を 食べました。 （昨天鈴木先生在餐廳吃了飯。）

→ 昨日 夜の 11 時まで 働いた 鈴木さんは レストランで ご飯を 食べました。
（昨天工作到晚上 11 點的鈴木先生，在餐廳吃了飯。）

→ 昨日 鈴木さんは 雑誌で 紹介された レストランで ご飯を 食べました。
（昨天鈴木先生在雜誌所介紹的餐廳吃了飯。）

→ 昨日 鈴木さんは レストランで アルバイトの 店員が 作った ご飯を 食べました。
（昨天鈴木先生在餐廳吃了打工店員所做的飯。）

當然，亦可同時將所有的名詞前方，都加上形容詞子句，一氣呵成把話講完。

→ 昨日 夜の 11 時まで働いた 鈴木さんは、雑誌で紹介された レストランで、アルバイトの店員が作った
ご飯を 食べました。

（昨天，工作到晚上 11 點的鈴木先生，在雜誌所介紹的餐廳，吃了打工店員所做的飯。）

上述「昨日 鈴木さんは レストランで ご飯を 食べました。」的部分，就稱作是母句（或稱作「主要子句」。也就是我們第六課所提到的「骨骼」），而名詞前面畫底線的「夜の 11 時まで働いた」、「雑誌で紹介された」以及「アルバイトの店員が作った」的部分就是形容詞子句（名詞修飾節）。

也就是說，母句中的任何名詞，其前方都可分別放上形容詞子句（名詞修飾節）來修飾此名詞。換句話說，就是一個母句中，有幾個車廂，理應前方就可以有幾個形容詞子句（只要語意說得通）。

隨堂練習：

請仿造例句，將下列 a.b.c 等句子，改為形容詞子句的形式後，放到母句（主要子句）中，適合的名詞前方。完成後，再試著標出形容詞子句、被修飾名詞、主要子句的車廂之助詞、以及句子（主要子句）的核心。

例：（主要子句）妹は　デパートで　ぬいぐるみを　買いました。

　　　a. 妹は「くまのがっこう」という絵本が大好きです。

　　　b. 心斎橋に新しいデパートがオープンしました。

　　　c. そのぬいぐるみはそこでしか売っていません。

→「くまのがっこう」という絵本が大好きな 妹 は、心斎橋にオープンした 新しいデパート で、

そこでしか売っていない ぬいぐるみ を買いました。

（很喜歡「小熊學校」這本畫冊的妹妹，在心齋橋剛開幕的百貨公司，買了只有在那裡限定發售的布偶。）

---

①　（主要子句）彼は　雑誌を　本屋で　毎月　買っている。

　　　a. 彼はミステリー小説が大好きです。

　　　b. この雑誌は短編ミステリーがたくさん載っている。

　　　c. 家の近くに小さい本屋があります。

　　　→

② （主要子句）今では　企業が　信頼を　失う。

    a. 今では利用者のプライバシーへの配慮が企業の評価を左右します。

    b. あの企業は一方的にユーザーに対する言論審査やアカウント凍結をします。

    c. 世界中のユーザーからの信頼です。

  →

③ （主要子句）GoTo トラベルこそが元凶だということは明らかなのに、政治家たちはそれをやめようとしない。

    a. 旅行代金が最大 50％支援されます。

    b. 新型コロナウイルスの感染拡大の元凶です。

    c. 政治家たちは目先の利益や経済を優先します。

  →

💬 解答：

① ミステリー小説が大好きな 彼 は 短編ミステリーがたくさん乗っている 雑誌 を
家の近くにある小さい 本屋 で 毎月 買っている。

（喜歡推理小說的他，每個月都在家裡附近的小書店，買刊載著很多短篇推理小說的雜誌。）

② 利用者のプライバシーへの配慮が企業の評価を左右する 今 では 一方的にユーザーに対する言論審査
やアカウント凍結をする 企業 が 世界中のユーザーからの 信頼 を 失う。

（在這個對於用戶隱私的重視，會影響企業評價的現代社會當中，單方面地對用戶進行言論審查或封鎖帳號的企業，
會失去全世界用戶的信賴。）

③ 旅行代金が最大 50％支援される GoTo トラベル こそが 新型コロナウイルスの感染拡大の 元凶だ
ということは明らかなのに、目先の利益や経済を優先する 政治家たち は それを やめようとしない。

（支援旅遊費用最多高達 50% 的「GoTo 旅遊」活動，正是讓武漢肺炎疫情擴大的元兇。這明明就顯而易見，
但那些只顧及眼前利益以及經濟的政治家，完全不打算停止＜這個活動＞。）

（※ 註：此句的構造較為複雜，將會於後面的「結構較為複雜的複句」當中學習到類似句型的拆解。這裡先知道如何將正確的修飾句放在被修飾名詞前即可，不用過度慌張。）

第九課 拆解形容詞子句

　　經過第六課至第八課的基本概念學習，本課終於要進入「如何拆解含有形容詞子句的句子」了。這也是閱讀長句時，同學們最需要的能力。

　　・昨日、一人で山奥に住んでいる叔母を大学に勤めている甥がコンビニで買ったナイフで殺した。

　　先來看一句結構簡單一點的句子。看到上述的長句，可能有些理解力較好的同學，已經看懂這句話究竟發生了什麼事，但如果對於句子構造不是很熟悉的同學，可能不知道到底是誰殺了誰。遇到這樣的句子，我們就必須動用目前為止所學的句法知識，來將上句話解構（扒開皮，剔除血與肉），就可以像是在看 X 光片一般，立刻掌握整句話的「**骨骼**」。

第一步：

　　我們在第一課時就學習過，日文的核心（也就是述語），在句子的最後方。所以，<u>當我們看這一個很長的句子時，第一件事情就是去找他的核心</u>。這句話的核心（述語）就是「殺した（殺）」這個動詞，因此這個句子是我們第一課所提及的，所謂的「動詞述語句」。第一個步驟，就是先將句中的核心「殺す」一字先標示出來。

　　・昨日、一人で山奥に住んでいる叔母を大学に勤めている甥がコンビニで買ったナイフで 殺した。

第二步：

接下來，請同學們思考一下，想要完成「殺す」這個動作，需要描述出哪些必要的成分（必須補語），以及有哪些情報（副次補語）也有可能會被講出來。

「殺す」這個動詞，依照同學對於其詞義的判斷，我們可以知道它至少需要**動作者（主語）**，以及**被殺者（目的語）**兩個必須補語，也就是說，它是 2 項動詞，會以「～が　～を　殺す」的句型型態來做使用。對，這就是第三課所學習到的第⑨項句型。因此，我們可以試著去找找用來修飾「殺す」一字的那兩項必須補語「～が（或は）」、「～を」。

・昨日、一人で山奥に住んでいる 叔母 を大学に勤めている 甥 がコンビニで買ったナイフで 殺した。

找完必須補語後，接下來，試著找找句中有沒有可能出現的副次補語。

1. 殺人，會講出道具嗎？有可能會。→那就找找看有沒有表示道具的「～で」。有耶，找到了「ナイフで」！
2. 殺人，會有場所嗎？會。→那就找找看有沒有表示動作場所的「～で」。看來這句話似乎沒有這樣的描述。
3. 殺人，會有「～から　～まで」嗎？如果是說「從幾點殺到幾點」，除非是殘忍變態的劇情，不然「殺す」屬於瞬間動詞，「殺」這個動作一瞬間就會完成，應該不太會有「～から　～まで」。如果說是「從東邊殺到西邊」，這種表屠殺的範圍，這種較特殊的語境，也不是不可能。但是這句話似乎沒有「～から　～まで」兩個補語。

・昨日、一人で山奥に住んでいる 叔母 を大学に勤めている 甥 がコンビニで買った ナイフ で 殺した。

在找到了這個句子的必須補語「〜が」、「〜を」以及副次補語「〜で」之後，先僅留下「格助詞＋名詞」的部分，我們就可以知道這一句的「骨骼」為：

・ 叔母 を 甥 が ナイフ で 殺した。

各個名詞前的形容詞以及形容詞子句，就只是血與肉而已，我們可以先將它們剔除不看。單看上述的「骨骼」部分，我們就可以很清楚的知道這句話的基本含義為「外甥 拿刀子 殺了 伯母」。對，「骨骼」的部分，其實也就是我們第八課所學習到的「母句（主要子句）」部分。

在這裡，同學們可能會問：

老師，當我看到一個動詞時，我要怎麼知道它是屬於哪一種句型？前面會有哪一些必須補語呢？

其實，這樣的功夫，本來是應該要在學習每個動詞時，就應該要一併將其前面的補語一併記起來的。但即便當初你沒這麼學習，我相信同學在習得某個動詞後，在幾經使用後，已經將這個動詞內化成自己內在的一部分了，也應該能從經驗上推測出每個動詞**有可能需要的必須補語跟副次補語了。**

反正格助詞就這麼九個，此外副助詞的下方則是可能藏有「が」或「を」。你只要試著用邏輯，按照上面的方式去推測看看，會不會有「が」「を」「に」「で」或是「から」「まで」「へ」…等。就算你分不出哪個是必須補語，哪個是副次補語也沒關係，因為無論是必須補語還是副次補語，兩者都會是句子「骨骼」的一部分。

第三步之「偷吃步」：

　　看懂了骨骼部分，了解句子的基本含義後，就可以進一步看看句子其他更詳細的細部敘述（血與肉）。血與肉的部分，除了形容詞子句外，還有名詞子句與副詞子句等。不過由於名詞子句與副詞子句，本書到目前為止都還沒介紹，因此，本課僅舉出形容詞子句的例子。

　　回想一下第六課所教導的形容詞子句規則，形容詞子句，會放置在名詞的正前方，且以「常體」的形式來修飾此名詞。因此，我們只要找尋上述「骨骼」部分，各個名詞前方的常體句即可。在此，為了解說方便，我們先暫時以「（）」括弧的方式，取代原本畫底線的方式來標示出形容詞子句。**左括弧「（」就是形容詞子句的頭，右括弧「）」則是形容詞子句的尾。**

　　要找出形容詞子句的尾「）」非常簡單，只要看名詞與常體句的交界點即可，我們先把這句話中，名詞與常體句的部分，都先用「）」標出。

・昨日、一人で山奥に住んでいる）叔母 を大学に勤めている）甥 が コンビニで買った）ナイフ で 殺した。

接下來，要找出形容詞子句的頭「（」，就需要動動腦筋了。當然，最簡單的方式，就是直接把「（」畫在前一項補語的正後方。像是下面這樣，畫在 甥 が 的後方。因為我們在第二步的分析時，就知道「甥が」的部分是屬於「骨骼」，也就是主要子句的部分，因此不會將「甥が」畫進形容詞子句的範圍中。

・甥 が（コンビニで買った）ナイフ で 殺した。

但其實這樣的做法，算是偷吃步。而且這樣畫，有點是在碰運氣，且如果遇到複雜一點的句子，甚至會因此搞錯修飾關係。如果按照上述這種偷吃步的方式，直接將「（」畫在前一項補語的後方，這樣的畫法，就會變成．

・（昨日、一人で山奥に住んでいる）叔母 を（大学に勤めている）甥 が（コンビニで買った）ナイフ で 殺した。

「大学に勤めている」用來修飾名詞「甥」、「コンビニで買った」用來修飾「ナイフ」，看來並沒有什麼問題。但「昨日、一人で山奥に住んでいる」，把「昨日」畫進形容詞子句內，恰當嗎？如果將「昨日」劃入形容詞子句內，那「昨日」這個時間副詞，就是用來修飾「住んでいる」的。但住在深山內，應該不是只有昨天一天，而是住了很久才對。所以「昨日」一詞，應該是屬於用來修飾主要子句的時間副詞（副次補語），因此，這一句話的「（」應該放在「昨日」的後方、「一人で」的前方才合理。

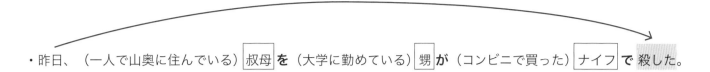

・昨日、（一人で山奥に住んでいる） 叔母 を（大学に勤めている） 甥 が（コンビニで買った） ナイフ で 殺した。

主要子句（骨骼）：昨日　叔母を　甥が　ナイフで　殺した。

　　形容詞子句 1.：一人で山奥に住んでいる　→修飾「叔母」

　　形容詞子句 2.：大学に勤めている　　　　　→修飾「甥」

　　形容詞子句 3.：コンビニで買った　　　　　→修飾「ナイフ」

第三步之「走正步」：

因此，一個子句的左括弧「（」部分應該要畫在哪裡，最好還是透過子句當中本身的結構來看。因此本書建議同學這樣思考：

・甥 が（コンビニで買った） ナイフ で 殺した。

形容詞子句，本身也是一個句子。因此它也有述語（核心）以及補語（車廂）的結構。「買った」這個動詞是此形容詞子句的核心，它前面的補語是「コンビニで」。因此「コンビニで」用來修飾「買った」這個動詞，所以才會把「コンビニで」劃入形容詞子句內。而雖然「買う」也是一個需要「～が　～を　買う」的 2 項動詞，但在這個語境中，說話者並沒有要特別強調動作者，因為我們已經可以從主要子句判斷出動作者應該就是「甥」，所以並不需要再於形容詞子句中特別點出。至於「～を」的部分，不就是已經後移至子句後方，以「内の関係」當作是被修飾的名詞「ナイフ」了嗎？ （※註：「コンビニで
ナイフを　買った　→　コンビニで　買った ナイフ 」）

等等！老師，難道我不能把「甥が」劃入形容詞子句內嗎？買刀子的人，的確就是「甥」啊？

- （×）（甥がコンビニで買った）ナイフ で 殺した。

當然不行！若你把「甥が」劃入形容詞子句內，那麼主要子句當中的主語不就不見了嗎？

- （×）？？ が　（甥がコンビニで買った）ナイフ で 殺した。

繼續往句子的前方看：

- （大学に勤めている）甥 が

接下來，這個部分的形容詞子句也是使用相同的思考。用來修飾動詞「勤める」的補語，就是「大学に」的部分，因此將其劃入形容詞子句內。

・昨日、（一人で山奥に住んでいる） 叔母 を

至於這個部分的形容詞子句，則是因為「住んでいる」這個動詞前面的補語，只有「一人で」以及「山奥に」（～で～に　住んでいる），因此並沒有將「昨日」劃入形容詞子句內。「昨日」並非用來修飾「住んでいる」，而是用來修飾主要子句的「殺した」。

結構分析如下：

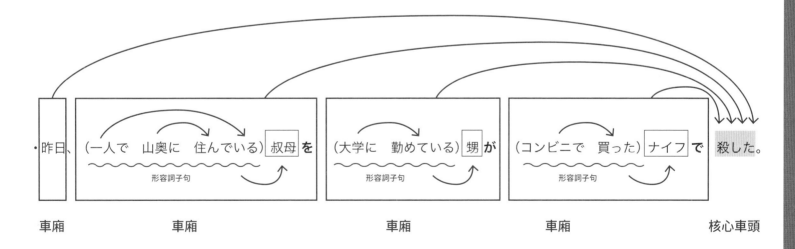

📄 **隨堂練習：**

請仿照上述的三步驟，先找出主要子句的核心，進而畫出句型架構。再將修飾名詞的形容詞子句，以括弧標出。

---

① 父に買ってもらったかばんはとてもきれいです。

② 私は買い物に行く時間がありません。

③ 日本政府は東京国際空港を成田市に建設することを決定した。

④ このウイルスは 2019 年に実験室で作られた生物兵器だった。

⑤ ロンドンなどの大都会に住んでいる子供たちは、長きにわたるロックダウンにより外で遊ぶ機会が減りました。

💬 解答：

① （父に　買ってもらった）かばんは　とても　きれいです。（爸爸買給我的包包很漂亮。）

② 私は　（買い物に　行く）時間が　ありません。（我沒有時間去買東西。）

③ 日本政府は　（東京国際空港を　成田市に　建設する）ことを　決定した。
（日本政府決定在成田市建立東京國際機場。）

④ このウイルスは　（2019 年に　実験室で　作られた）生物兵器だった。
（這個病毒是 2019 年在實驗室被製造出來的生化武器。）

⑤ （ロンドンなどの大都会に　住んでいる）子供たちは　（長きに　わたる）ロックダウンにより
（外で　遊ぶ）機会が　減りました。

（住在倫敦這些大都會的小孩們，因為長期的封城，在外遊玩的機會變少了。）

第十課 形容詞子句中的形容詞子句

　　一個形容詞子句,在它被母句吃掉降級成形容詞子句之前,它原本也是個完整的句子。因此,一個形容詞子句它本身也會有車廂以及火車頭的結構,有車廂就有名詞,既然有名詞,當然也就可以再吃下另一個形容詞子句。也就是說,形容詞子句的裡面,亦可以有另一個形容詞子句。下例中,畫底線部分為形容詞子句、框框部分的名詞為被修飾的名詞、粗體助詞則為主要子句的車廂之助詞。母句的動詞(或述語),則以紫色網底表示。而底線內的尖括號「＜＞」部分,就是本課要學習的「形容詞子句中的形容詞子句」,

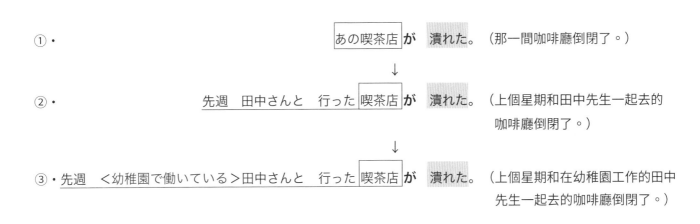

①· あの喫茶店 **が** 潰れた。 (那一間咖啡廳倒閉了。)

↓

②· 先週　田中さんと　行った 喫茶店 **が** 潰れた。 (上個星期和田中先生一起去的咖啡廳倒閉了。)

↓

③·先週　＜幼稚園で働いている＞田中さんと　行った 喫茶店 **が** 潰れた。 (上個星期和在幼稚園工作的田中先生一起去的咖啡廳倒閉了。)

第①個句子僅有母句(主要子句),是單句的構造,單純敘述那間咖啡店倒閉了。

第②句則是在「喫茶店」這個名詞前,加上了另一個形容詞子句來說明,那是上星期和田中去的咖啡店。

而形容詞子句「先週田中さんと行った」當中的「田中さん」也是個名詞。雖然它本身已經位處於形容詞子句當中了，但仍然可以在「田中さん」的前面，再加一個形容詞子句，更近一步地詳細描述「田中さん」這個人，是在幼稚園工作的。可能說話者的身邊有許多叫做田中的人，因此利用這樣的方式，來說明不是別的田中，而是在幼稚園工作的那個田中。因此就會像第 ③ 句這樣，形成了形容詞子句當中，又有另一個形容詞子句。

　　以下的例句，就是像這樣，形容詞子句裡又內包一個形容詞子句的例句：

・(＜先月まで本屋があった＞場所に　できた) レストラン は　カレーライスが　美味しいです。
（直到上個月為止，都還是書店，但現在改為餐廳的那間餐廳，它的咖哩很好吃。）

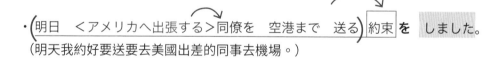

・(明日　＜アメリカへ出張する＞同僚を　空港まで　送る) 約束 を　しました。
（明天我約好要送要去美國出差的同事去機場。）

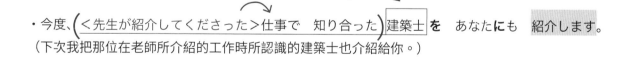

・今度、(＜先生が紹介してくださった＞仕事で　知り合った) 建築士 を　あなたにも　紹介します。
（下次我把那位在老師所介紹的工作時所認識的建築士也介紹給你。）

・昨日、鈴木さんは（＜私が買った＞雑誌で　紹介された）レストランで　ご飯を　食べました。
（昨天鈴木先生在我買的那本雜誌所介紹的餐廳吃了飯。）

・（＜中国で流行っている＞新型コロナウイルスが　パンデミックに　なったという）ニュースを　聞いて、
びっくりしました。
（我聽到了在中國流行的武漢肺炎已全球大流行的新聞，嚇了一大跳。）

📑 隨堂練習：

請仿造本課的例句，分別標出主要子句（母句）的核心、母句的車廂及其助詞、形容詞子句所修飾的名詞，以及形容詞子句中的形容詞子句。在第④題與第⑤五題中，其「形容詞子句中的形容詞子句」中，也還有一個形容詞子句，是內包三層的結構喔，請試著解題。

---

① 翔太がかけている眼鏡を作った眼鏡屋は、閉店セールをやっています。

② 椋太が飼っている犬が飲んでいる水は、フランスから輸入したミネラルウォーターだ。

③ 火星に人類の理解を遙かに超える生命体が存在するという理論は、間違っているかもしれません。

④ 妻が焼いたサンマを盗み食いした野良猫を追っている子供は、椋太の友達です。

⑤ 外の世界と断絶された環境の中で独自に進化した動植物を調査する研究グループが編成された。

💬 解答：

① （＜翔太がかけている＞眼鏡を 作った）眼鏡屋 は 閉店セールを やっています。
（製作翔太戴的眼鏡的眼鏡行，正在舉行結束營業大拍賣。）

② （＜椋太が飼っている＞犬が 飲んでいる）水 は （フランスから 輸入した）ミネラルウォーターだ。
（椋太所飼養的狗所喝的水，是從法國進口的礦泉水。）

③ （火星に ＜人類の理解を遙かに超える＞生命体が 存在するという）理論 は 間違っているかもしれません。
（火星上存在著超乎人類理解的生命體，這樣的理論或許是錯誤的。）

④ （＜＜妻が焼いた＞サンマを盗み食いした＞野良猫を 追っている）子供 は 椋太の 友達です。
（追逐著偷吃我老婆烤的秋刀魚的那隻貓的小孩，是椋太的朋友。）

⑤ （＜＜外の世界と断絶された＞環境の中で独自に進化した＞動植物を 調査する）研究グループ が 編成された。
（要去調查在與世隔絕的環境當中獨自進化的動植物的研究小組，被組成了。）

第十一課 雙層形容詞子句

上一課，我們學習到了形容詞子句 a 裡面還可以再內包另一個形容詞子句 b。

・先週幼稚園で働いている田中さんと行った喫茶店が潰れた。

（上個星期和在幼稚園工作的田中先生一起去的咖啡廳倒閉了。）

　　　　主要子句（母句）：喫茶店が　潰れた

　　　　形容詞子句 a　　　：先週　田中さんと　行った

　　　　形容詞子句 b　　　：幼稚園で　働いている

・(a. 先週　＜ b. 幼稚園で働いている＞田中さんと　行った) 喫茶店 が　潰れた。

　　如果是上一課的這種結構，很明顯地，a 句的位階高於 b 句的位階。a 句在較外面那一層，b 句在最裡面那一層，是呈現著 a 句包覆著 b 句的構造。但有沒有可能是 a.b. 兩句的位階相當，都是用來修飾主要子句中的同一個名詞呢？當然可以。

・昨日、鈴木さんは雑誌で紹介された駅前にあるレストランでご飯を食べました。
（昨天鈴木先生在雜誌介紹的車站前面的餐廳吃飯。）

主要子句（母句）：昨日　鈴木さんは　レストランで　ご飯を　食べました。

形容詞子句 a　　　：雑誌で　紹介された

形容詞子句 b　　　：駅前に　ある

・昨日　鈴木さんは（a.雑誌で　紹介された）（b.駅前に　ある）レストランで　ご飯を　食べました。

　有別於第九課所學到的，形容詞子句 b 用來修飾形容詞子句 a 當中的一個名詞；這個例句中，形容詞子句 a 與形容詞子句 b 的位階相當，都是用來修飾主要子句中的名詞「レストラン」的。從語意中即可判別，形容詞子句 a「雑誌で紹介された」不可能是用來修飾形容詞子句 b 的名詞「駅前」。因為「駅前（車站前）」這個地方，並不需要雜誌介紹。而從前後文即可輕易推敲出，在雜誌中介紹的，不是「駅前（車站前）」，而是「レストラン（餐廳）」。

　像這樣，能夠辨別兩個以上的形容詞子句，究竟是第九課的「內包關係」還是第十課的「對等關係」，對於往後的句子構造拆解來說非常重要。往後的課程，也會為各位同學介紹如何從語意來辨別。

以下的例句，就是像這樣，兩個對等位階的形容詞子句，來修飾主要子句的名詞：

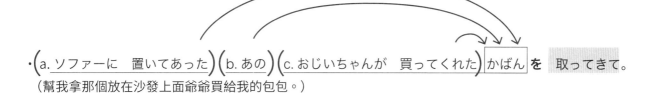

・昨日、新橋で（a. アメリカで　働いている）（b. 英語が　下手だった）友人と　偶然　会った。
（昨天我在新橋偶然遇見了我那位在美國工作，且以前英文不好的朋友。）

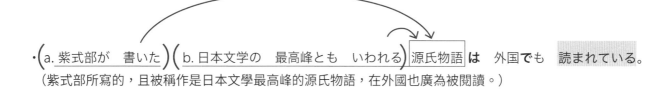

・（a. ソファーに　置いてあった）（b. あの）（c. おじいちゃんが　買ってくれた）かばんを　取ってきて。
（幫我拿那個放在沙發上面爺爺買給我的包包。）

・（a. 紫式部が　書いた）（b. 日本文学の　最高峰とも　いわれる）源氏物語は　外国でも　読まれている。
（紫式部所寫的，且被稱作是日本文學最高峰的源氏物語，在外國也廣為被閱讀。）

・(a. 実際の　出来事を　もとに　した)(b. 長い間　この地方で　語られている)(c. この) 物語 を
今風に　アレンジして みた。

（我試著把這個基於實際發生過的事件，且長時間流傳於在這個地方上的這個故事，改寫成現代風。）

・a. 政府が (a. 中国製薬会社が　開発した)(b. まだ　WHO の　承認を　得ていない) ワクチン を
2億回分　購入した。

（政府購買了兩億劑中國製藥公司所開發的，但尚未獲得世界衛生組織認可的疫苗。）

📄 **隨堂練習：**

請仿造本課的例句，分別標出主要子句（母句）的核心、母句的車廂及其助詞、形容詞子句所修飾的名詞，以及修飾此名詞的兩個（以上）對等位階的形容詞或形容詞子句。在第③題中，同時有四個「連體修飾」的成分用來修飾同一個名詞喔，請試著解題。

---

① ベトナムから来る、日本語を勉強する留学生が増えているそうです。

② A 社が開発した、世界で最も小さくて最も軽い５Ｇスマホを買いたいです。

③ ほら、あのかばん売り場にいる、ワンピースを着ている背の高い女の人を呼んできて。

④ 電球はエジソンが発明したという誰でも知っている事実は、実は間違っているかもしれない。

⑤ やがて到着した聖地は、異様な静寂が支配する異様な風景の場所だった。

💬 解答：

① (a. ベトナムから　来る) (b. 日本語を　勉強する) 留学生 が　増えている そうです。
（聽說從越南來的，學習日語的留學生變多了。）

② (a.A 社が　開発した) (b. 世界で　最も　小さくて　最も　軽い) 5G スマホ を　買いたいです。
（我想要買 A 公司所開發的，世界上最小最輕的 5G 智慧型手機。）

③ ほら、(a.あの) (b. かばん売り場に　いる) (c. ワンピースを　着ている) (d. 背の　高い) 女の人 を　呼んできて。
（你去叫那一個，你看，在包包賣場，穿著連身洋裝，身高很高的女的。）

④ (a. 電球は　エジソンが　発明したという) (b. 誰でも　知っている) 事実 は　実は　間違っている かもしれない。
（燈泡是愛迪生發明的，這個大家都知道的事實，其實搞不好是錯的。）

⑤ (やがて　到着した) 聖地 は (a. 異様な　静寂が　支配する) (b. 異様な　風景の) 場所 だった。
（總算到達的聖地，是一瀰漫著個異常寂靜的，異常景象的地方。）

第十二課 拆解更複雜的形容詞子句

本課延續第九課，繼續來拆解兩句含有形容詞子句的句子。稍微提升難易度到實際檢定考試 N2 以上的程度。

① 彼がそんなことをする人間ではないことは、あなたが一番よく知っているはずだ。
（他不是會做這種事情的人，你應該最清楚才是。）

首先，第一步當然就是先找出這個句子的核心。由於「はずだ」屬於放在句末的形式名詞，算是「表現文型」，因此算是附屬於述語（核心）後方的表現，因此這個句子的核心，就是動詞「知っている」。順帶一提：句型結構的分析，主要是針對句子的「構造文型」，因此句尾的「〜ましょう」、「〜ください」、「〜ている」、「〜てもいい」、「〜なければならない」、「〜はずだ」、「〜わけだ」…等「表現意圖」、「表現文型」的部分不需額外再進行分析。

・彼がそんなことをする人間ではないことは、あなたが一番よく知っているはずだ。

「知っている」為需要有主語「〜が」以及目的語「〜を」，語意才會完整的 2 項動詞，屬於第⑨種句型。

・彼がそんなことをする人間ではない ことは、 あなた が一番よく知っているはずだ。

如果同學有好好研讀之前的章節，就會知道第四課曾經學過，副助詞「～は」可以取代格助詞「～を」，並將其作為主題移至句首。因此這句話的骨骼，就可以輕易抓出，就是「～ことは（を）　あなたが　一番　よく知っている」（這件事，你是最清楚不過了）。「～ことは」與「あなたが」為必須補語，而「一番」則為副次補語。

・（彼がそんなことをする人間ではない）ことは、あなたが一番よく知っているはずだ。
（を）

「こと」為名詞，名詞前方為常體句「～ではない」，因此可以很簡單地就畫出形容詞子句的右括弧「）」。而這一句話中的形容詞子句，其核心部分是「人間ではない」，是名詞結尾的名詞述語句。因此我們可以推測出這個形容詞子句，屬於第①種句型，為「～が　名詞だ」的句型，只有一個必須補語。因此我們也可以判斷，得知形容詞子句的左括弧「（」，就是畫在「彼が」的左邊。

・彼がそんなことをする人間ではない

這一個形容詞子句的基本結構，就是「彼が　人間ではない」。

仔細看下去，我們就會發現上面這個形容詞子句，其核心（述語）部分是個名詞，而這個名詞恰巧前方又有一個形容詞子句，用來修飾「人間」這個名詞。這不就是我們第十課所學習到的，「形容詞子句中的形容詞子句」結構嗎？因此這一整句話的結構分析圖，就是：

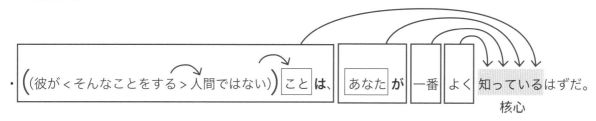

句子的分析，就是要多做練習，自然就會得心應手。久了之後，甚至不需要特別畫出句子骨骼的架構分析，也能像日本人一樣，光看句子就會立即在你的腦中自動分析出上述的結構，自動重組血與肉，你的腦袋就會變得有如 AI 分析一般迅速。

學習句子分析的目的，其實就像是學習動詞變化的規則一樣。初級剛開始學習時，每次要講出「～て」形的句子，是不是就會在腦袋中先回想一下變化規則，然後才講得出正確的變化呢？但到了中高級時，每個動詞的變化都已經非常熟悉後，甚至根本不需要去回想規則，就會直接反應過來了呢？而即便到了 N1 等級，如果遇到一個全新的動詞，不知道怎麼變化成「～て」形時，你是不是就又會把 N5 時期學習到的規則拿來套用、變化呢？

句子分析的技巧就跟動詞變化的規則一樣，都只是過渡時期的工具。在學習長文的過程，必須精讀好幾篇文章，並且盡量試著每個句子都分析。等到閱讀能力進步到一定程度後，實際考試時，是不需要每個句子都做句子分析，也可以看得懂的（應該說根本也沒時間做句子分析）。但在考試時，一旦遇到看不懂的長句時，就可以把句子分析這一套看家本領拿出來使用，自然文章就會迎刃而解了。因此句子的分析就跟動詞變化一樣，是需要演練、且非常重要的基本功。

接下來，下一頁再帶領各位分析、拆解一個含有形容詞子句的句子。之後，請同學自己動動腦，自己試著做做看練習題的部分。做完之後，再看答案的分析圖，看自己的分析是不是正確喔。

② 日本の海運会社が運行する貨物船が海賊に襲われる被害が、1994 年以降これまでに計 66 件も発生している
　ことが、運輸省が管轄する公益法人に属する「日本船舶振興会」の調査でわかった。（※ 註：改寫自読売新聞 1999-05-01）
　（日本海運公司所運行的貨物船被海盜所襲擊的受害事件，從 1994 年以後至目前為止總計發生了 66 件之多這件事，
　在所屬於運輸省所管轄的公益法人的日本船舶振興會的調查當中，得到了證實。）

　　這一句話比較長，但無論多長，一樣都先看句子最後面的核心（述語）部分。此句的核心為「わかった」。我們可從「わかる」的語意推測得知，它至少需要有「了解事情的主語〜に」，以及「了解的內容（對象）〜が」，因此它屬於 2 項動詞。也就是第⑬種句型「〜に　〜が　わかる」。接下來，就跟本課的第①句話一樣，從最後面倒著往前慢慢分析，抓出「わかる」這個動詞的必須補語與副次補語，也就是抓出「骨骼」。

　　這句話一往前看，就看到了「調查で」。「調查で」很明顯用來修飾動詞「わかった」，用來說明是經由這個調查而了解到了一個事實。因此我們就知道其實「調查で」也是「わかった」的副次補語。

　　在此，為了說明方便，先破梗一下。

　　這句話的骨骼為：「〜ことが　調查で　わかった」。也由於這句話是在描述一則新聞，因此並沒有特別提出「誰」瞭解到了這件事，因此就沒有必須補語「〜に」登場的機會。而為了分析方便，雖然「日本船舶振興会の」與「調查」之間的關係也是連體修飾構造，但過度細密的分析反而會影響理解，因此我們直接將「日本船舶振興会の調查」看作是一組名詞。

　　・日本の海運会社が運行する貨物船が海賊に襲われる被害が、1994 年以降これまでに計 66 件も発生している
　　　ことが、運輸省が管轄する公益法人に属する「日本船舶振興会」の調査でわかった。

繼續從句子後面慢慢往前看。我們現在已經知道了「日本船舶振興会の調査で」是用來修飾主要子句中的動詞「わかった」，因此它屬於主要子句骨骼的一部分。然後我們又在「日本船舶振興会の調査で」的前方，看到了一個常體動詞「属する」，因此就可以立刻在這個分界點上打上右括弧「　）」，因為這就是形容詞子句的特徵。

・…公益法人に属する）「日本船舶振興会」の調査で わかった。

　　接下來繼續往前看。「公益法人に」是用來修飾「属する」的呢？還是用來修飾「わかった」的？如果它是用來修飾「わかった」的，那麼我們就必須在「公益法人に」的後方打上左括弧「（　」，來標示它存在於形容詞子句外，是屬於主要子句動詞「わかった」的補語。

・（×）…公益法人に（属する）「日本船舶振興会」の調査で わかった。

　　但如果你這樣分析，這個形容詞子句「属する」就會變得沒有任何補語，而且不知所言（因為「属する」從語意來看就知道它並非０項動詞）。因此，這個「公益法人に」還是歸給「属する」比較合適。形成「公益法人に　属する」（隸屬於公益法人），語意上比較有道理。所以，在現階段先別急著打上左括弧「（　」。

・運輸省が管轄する＞公益法人に属する）「日本船舶振興会」の調査で わかった。

繼續往前看後，我們就又看到一個動詞「管轄する」修飾一個名詞「公益法人」的形容詞子句結構。對的，這就是形容詞子句中的形容詞子句，因此看到這個交界點，就直接打上右括弧「）」就對了！但為了辨別它是形容詞子句中的形容詞子句，因此我們比照第十課，將形容詞子句中的形容詞子句以尖括號「＜＞」呈現。

接下來繼續往前看，「運輸省が」用來修飾「管轄する」還是「属する」？很明顯是修飾「管轄する」，理由同上不再贅述。

・ことが（＜運輸省が管轄する＞公益法人に属する）「日本船舶振興会」の調査で わかった。

再繼續往前看時，我們就會遇到「ことが」。這時，一樣判斷看「ことが」是修飾「管轄する」還是修飾「属する」。結果你會發現都不是，「ことが」是用來修飾「わかった」的。這時，我們終於找到繼「調査で」後，「わかった」的另一個補語了。因此「わかった」即是屬於主要子句（母句）的一部分，與「調査で」同位階。「～ことが　～調査で　わかった」。我們總算可以將修飾「日本船舶振興会の調査」的形容詞子句的左括弧「（」打上。同時，也可以將修飾「公益法人」的形容詞子句的左尖括弧「＜」打上。「＜」一定是在「（」的裡面，因為小形容詞子句是內包在大形容詞子句裡面的。這看第十課的說明以及圖示就知道。

接下來，再用一樣的方法，繼續從「ことが」往前推。由於推理方式一模一樣，因此不再贅述，直接以圖示呈現。這句話的架構分析就是：

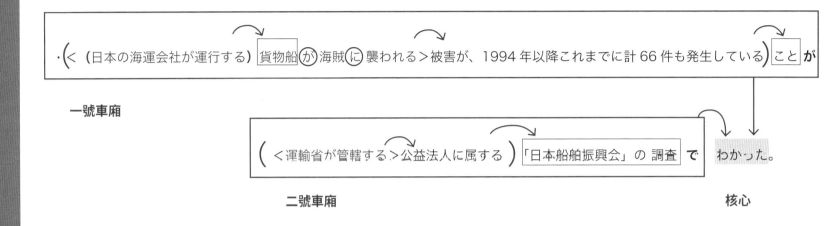

·(＜（日本の海運会社が運行する）貨物船 が 海賊 に 襲われる＞被害が、1994 年以降これまでに計 66 件も発生している）こと が

一號車廂

（＜運輸省が管轄する＞公益法人に属する）「日本船舶振興会」の 調査 で わかった。

二號車廂　　　　　　　　　　　　　　　　　　　　　　**核心**

其基本的骨骼就是：（＜～が　～に　襲われる＞被害が　　発生している）こと が

（＜～が　管轄する＞公益法人に　属する）日本船舶振興会の調査 で わかった。

接下來的練習題，也請同學自己用上述的方式分析看看。自己試著做過一次後，再看答案的圖示。往後，只要看到長句，就利用這樣的分析方式來讀解，久而久之，你看到一個句子時，腦袋就會自動分析出結構了。這個道理跟當初你學動詞變化時一樣，背了許多「～て」型規則，每次要講話時，就要在腦袋裡跑一次規則，跑十秒才有辦法講出一句話。但是不是久了以後，你根本不需要思考規則，就直接可以講出完整句子了呢？

📄 随堂練習：

① 居間で退屈そうにたばこを吸っている親父が、自分の部屋でゲームばかりやっている息子に話しかけた。

② 新型コロナウイルスによる都市封鎖後、多くの人が現金による支払いからモバイル決済に切り替えたことがキャッシュレスを推進する経済産業省の調査でわかった。

③ それは、秋らしい柔らかな澄んだ陽射しが、紺のだいぶ剥げ落ちた暖簾の下から静かに店先に差し込んでいる時だった。

💬 解答：

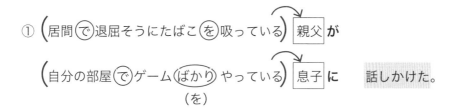

① (居間で退屈そうにたばこを吸っている) 親父 が

(自分の部屋でゲームばかりやっている) 息子 に　話しかけた。
　　　　　　　　　　　(を)

（在房間好似無聊地抽著煙的父親，對著一直在自己的房裡玩電動的兒子，說了話。）

　基本的骨骼為：親父が　息子に　話しかけた。

②

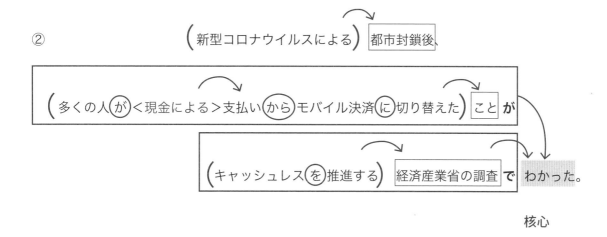

（新型コロナウイルスによる）都市封鎖後、

（多くの人が＜現金による＞支払いからモバイル決済に切り替えた）ことが

（キャッシュレスを推進する）経済産業省の調査で わかった。

核心

（在因武漢肺炎而封城後，有很多人從現金支付轉為行動支付，在推廣無現金付款的經濟產業省的調查當中，了解到了這件事。）

基本的骨骼為：都市封鎖後、　〜ことが　調查で　わかった。

③ それ は、

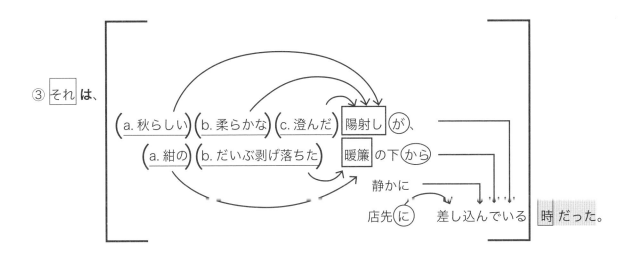

（那是一個有著秋天氣息且溫柔清澈的陽光，透過深藍色、已經嚴重褪色的布簾的下方，
　安靜地照射進店裡的時分。）

基本的骨骼為：それは　（陽射しが　暖簾の下から　静かに　店に　差し込んでいる）時だった。

名詞子句

noun
clause

第十三課 形式名詞與名詞子句

我們學到目前為止，僅學習到從屬子句當中的「形容詞子句」。第五課時有提及，由於這種子句的位置以及文法功能就相當於一個形容詞，因此才稱作是「形容詞子句」。本課則是要開始介紹另一種從屬子句：**名詞子句**。所謂的名詞子句，當然就是因為「這個子句的位置以及文法功能相當於一個名詞」，就擺在名詞應該要在的位置，故稱作「名詞子句」。

那…什麼地方會擺放名詞呢？我們利用第三課所學習到的第 ① 種句型「～が　名詞だ」的名詞述語句來做說明。「私が（は）　學生だ」這句話當中，擺放於格助詞「が」（或副助詞「は」）前方的「私」以及斷定助動詞「だ／です」，是不是都是名詞呢？沒錯。這些能夠擺入名詞的地方，亦可以擺入名詞子句。

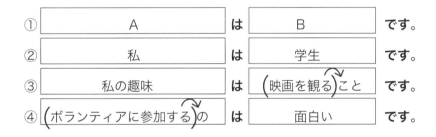

「Ａ」的部分是名詞，「Ｂ」的部分也是名詞，因此「Ａ」、「Ｂ」這兩個框框的部分，都可以放入一個子句，而這個子句就會是「名詞子句」。

老師，第③句的結構，看起來就像是「映画を観る」是用來修飾名詞（形式名詞）「こと」的形容詞子句耶？沒錯，同學理解完全正確！如果你只看「映画を観る」這部分，它的確是用來修飾「こと」的形容詞子句。但如果你看的部分為「映画を観ること」整組，它就是一個擺在名詞述語句核心部分的一個「名詞子句」。

・映画を観る｜こと｜　　　　　　　　　　　・｜映画を観る　こと｜

　　名詞修飾節　　被修飾名詞　　　　　　　　　　　　　　　名詞子句

　　連體修飾句

　　形容詞子句

　　第④句話的結構亦然。「ボランティアに参加する」，的確是用來修飾名詞（形式名詞）「の」的形容詞子句。而「ボランティアに参加するの」整個部分，它就是一個放在「は」前方，作為主題的一個「名詞子句」。

・｜ボランティアに参加する｜の｜**は**　　　　　・｜ボランティアに参加するの｜**は**

　　名詞修飾節　　　　　　被修飾名詞　　　　　　　　　　　名詞子句

　　連體修飾句

　　形容詞子句

　　換句話說，**的確有一部分的「名詞子句」，它是內包一個形容詞子句結構的**。而這種內包一個形容詞子句的名詞子句，正是需要使用到形式名詞「こと」與「の」的句型。也就是使用到「～のが／ことが」、「～のを／ことを」、「～のに／ことに」、「～ので／ことで」、「～のは／ことは」以及「～のは～だ（強調構句）」的句子，就會是「名詞子句」。關於強調構句，將於下一課介紹。

　　此外，我們在第十二課也曾經提過，分析句子的目的是為了更容易理解語意，所以**過度細密的分析反而會影響理解**，因此我們就直接將上述提到的「～のが／ことが」、「～のを／ことを」…等句型，直接看作是名詞子句，就不需要再去拆解它內包的形容詞子句了。

下例中，框框部分為名詞或名詞子句、粗體助詞則為主要子句的車廂之助詞、核心（述語‧火車頭）則以紫色網底表示。

① 「〜のが／ことが」

・私は ┌──────────┐ が 好きです。（我喜歡錢。）
　　　　│　お金　　│
　　　　└──────────┘
　　　　　　名詞

・私は ┌──────────┐ が 好きです。（我喜歡看電影。）
　　　　│映画を観るの│
　　　　└──────────┘
　　　　　名詞子句

・私は ┌──────────┐ が 好きです。（我喜歡看電影。）
　　　　│映画を観ること│
　　　　└──────────┘
　　　　　名詞子句

② 「〜のを／ことを」

・私は ┌──────────┐ を 忘れました。（我忘記錢包。）
　　　　│　財布　　│
　　　　└──────────┘
　　　　　　名詞

・私は ┌──────────────┐ を 忘れました。（我忘記帶錢包來。）
　　　　│財布を持ってくるの│
　　　　└──────────────┘
　　　　　名詞子句

・私は ┌──────────────┐ を 忘れました。（我忘記帶錢包來。）
　　　　│財布を持ってくること│
　　　　└──────────────┘
　　　　　名詞子句

③「～のに／ことに」

・このはさみは ┌─ 園芸 ─┐ に 便利です。 （這個剪刀用在園藝上很方便。）
　　　　　　　　　名詞

・このはさみは ┌ 花を切るの ┐ に 便利です。 （這個剪刀用來剪花很方便。）
　　　　　　　　　名詞子句

・このはさみは ┌ 花を切ること ┐ に 便利です。 （這個剪刀用來剪花很方便。）
　　　　　　　　　名詞子句

④「～ので／ことで」

・その店　　　は ┌ 質の良さ ┐ で 有名です。 （那間店因品質良好而聞名。）
　　　　　　　　　名詞

・あの占い師　は ┌ 当たるの ┐ で 有名です。 （那個算命師因算得很準而聞名。）
　　　　　　　　　名詞子句

・あの占い師　は ┌ 当たること ┐ で 有名です。 （那個算命師因算得很準而聞名。）
　　　　　　　　　名詞子句

⑤「～のは／ことは」

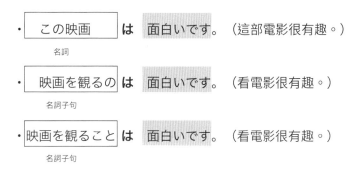

・ この映画 **は** 面白いです。 （這部電影很有趣。）

名詞

・ 映画を観るの **は** 面白いです。 （看電影很有趣。）

名詞子句

・ 映画を観ること **は** 面白いです。 （看電影很有趣。）

名詞子句

　在分析名詞子句時，究竟一個補語到底是名詞子句內的車廂，還是名詞子句外（也就是主要子句）的車廂？其辨識方式與第九課學習到的拆解形容詞子句的「第三步」一樣。只要看看它是屬於哪個述語的車廂即可。

如下例：

・私**は**漫画を読む**の**が 好きです。 （我喜歡讀漫畫。）

　我們已經知道，上一句話核心部分為ナ形容詞「好きです」，也抓出了這句話的骨骼「～は　～が　好きです」。它屬於第三課的句型表格當中的第③種句型，2項形容詞，因此會有兩個必須補語（主語以及對象）。那麼「漫画を」究竟屬於主要子句的補語（車廂），還是名詞子句內的補語成分呢？很明顯地，「漫画を」不可能是用來修飾「好きです」的，

因為主要子句中，已經有了喜歡的對象，是以「～のが」來標示的。「漫画を」是用來修飾名詞子句的核心動詞「読む」的，因此我們就可以連同「漫画を」的部分都將其劃入名詞子句內。

・私は 漫画を読むの が 好きです。 （我喜歡讀漫畫。）

📑 **隨堂練習：**

請仿照上述例句，先找出主要子句的核心，進而畫出句型架構。再用框框標出名詞子句。

---

① 私は一人で散歩するのが好きです。

② 誰かが泣いているのが聞こえますね。

③ 先生は鈴木君から連絡がないことを心配しているよ。

④ 今日から仕事を頑張るのをやめます。

⑤ この長財布はパスポートを入れることにも使えますよ。

⑥ 東京で家を買うのにいくら必要ですか。

⑦ たばこを吸うことは体に良くないよ。

⑧ 朝早く起きるのは気持ちがいいです。

⑨ 千鳥ヶ淵は夜桜がきれいなことで有名です。

⑩ 「ドクターフィッシュ」は人の角質を食べてくれるので知られている。

💬 解答：

① 私は 一人で散歩するの が 好きです。 （我喜歡獨自一人散步。）

② 誰かが泣いているの が 聞こえますね。 （聽得到有人在哭泣。）

③ 先生は 鈴木君から連絡がないこと を 心配しているよ。 （老師很擔心都沒有收到鈴木的聯絡。）

④ 今日から 仕事を頑張るの を やめます。 （從今天開始我不努力工作了。）

⑤ この長財布は パスポートを入れること にも 使えますよ。 （這個長皮夾也可以拿來放護照。）

⑥ 東京で家を買うの に いくら 必要ですか。 （想在東京買房子，需要多少錢呢？）

⑦ たばこを吸うこと は 体に 良くないよ。 （抽煙對身體不好喔。）

⑧ 朝早く起きるの は　気持ちが　いいです。（早上早起很舒服。）

⑨ 千鳥ヶ淵は　夜桜がきれいなこと で　有名です。（千鳥淵因它的夜櫻很美麗而聞名。）

⑩ 「ドクターフィッシュ」は　人の角質を食べてくれるの で　知られている。
　　（「醫生魚」因牠會吃人的角質而廣為人知。）

第十四課　疑問句式的名詞子句

第十三課我們學習到的名詞子句，是將一個「**肯定句**」或「**否定句**」作為名詞子句，放入助詞的前方（作為一個車廂）；而本課則是將一個「**疑問句**」作為名詞子句，放入助詞的前方（作為一個車廂）。與上一課的肯定、否定句不同，若要將一個疑問句作為「名詞子句」擺在名詞的位置，則要依照此疑問句的種類，分別於子句的後方加上「～か」或「～かどうか」。如為「含有疑問詞」的疑問句（又稱開放式問句），則使用「～か」。如為「不含疑問詞」的疑問句（又稱封閉式問句），則使用「～かどうか」。下例中，框框部分為名詞或名詞子句、粗體助詞則為主要子句的車廂之助詞。核心（述語・必車頭）則以紫色網底表示。

以下為「有疑問詞～か」的例句

辞書 **を** 調べてください。（請查字典。）

名詞

新幹線は**何時**に着くか **を** 調べてください。（請查看看新幹線幾點會到。）

名詞子句

例 ①：將有疑問詞的疑問句「あの人は誰ですか」插入主要子句「～は　～が　わかりません」當中。

　　→ （私は） あの人は誰か **が**、 わかりません。 （我不知道那個人是誰。）

例 ②：將有疑問詞的疑問句「お土産は何がいいですか」插入主要子句「～は　～を／について　夫と

　　　　相談してみます」當中。

　　→ （私は） お土産は何がいいか ~~を／について~~、 夫と　相談してみます。

　　　　（我和老公商量看看，看伴手禮什麼東西比較好。）

例 ③：將有疑問詞的疑問句「犯人はどこにいますか」插入主要子句「彼は　～を　知っているはずです」當中。

　　→ 犯人はどこにいるか **を**、 彼は　知っているはずです。 （他應該知道犯人在哪裡。）

以下為「無疑問詞〜かどうか」的例句

| 日本語 | が | わかりません。 |（我不懂日文。）

名詞

| その話は本当**かどうか** | **が** | わかりません。 |（我不知道那件事是真的還是假的。）

名詞子句

例 ④：將無疑問詞的疑問句「間違いがありませんか」插入主要子句「もう一度 〜を 検査してみてください」當中。

→ 間違いがないかどうか **を**、もう一度 検査してみてください。 （請再檢查一次看看有沒有錯誤。）

例 ⑤：將無疑問詞的疑問句「太郎ちゃんが漢字が書けるようになりましたか」插入主要子句「あの子の母親に
　　　〜を 聞いてみて」當中。

→ 太郎ちゃんが漢字が書けるようになったかどうか **を**、あの子の母親**に** 聞いてみて。
（你去問太郎的媽媽看太郎現在會不會寫漢字了。）

例 ⑥：將無疑問詞的疑問句「ホテルの部屋でインターネットに繋がりますか」插入主要子句「〜が 重要です」當中。

→ ホテルの部屋でインターネットに繋がるかどうか **が**、重要です。
（飯店的房間能不能連上網路，很重要。）

128

第十三課所學習到的**肯定、否定句式的名詞子句**「～のが／ことが」、「～のを／ことを」、「～のに／ことに」、「～ので／ことで」、「～のは／ことは」，其助詞「が、を、に、で、は」一般不會省略，僅有口語時，偶會省略「が、を、は」，但「に、で」不可省略，且一定需要形式名詞「の」或「こと」。

　　但這裡第十四課所學習到的**疑問句式的名詞子句**，則多會省略助詞（亦可不省略），且不使用形式名詞「の」或「こと」。將原始句放入名詞子句的位置時，一樣需要使用常體。但由於沒有形式名詞「の」或「こと」，故不需要比照形容詞子句修飾名詞時的規則，不需將「は」改為「が」。

- （○）私は 映画を観るの **が** 好きです。（我喜歡看電影。）
  （○）私は 映画を観るの 、 好きです。

- （○）その話は本当かどうか **が** わかりません。（我不知道那件事情是不是真的。）
  （○）その話は本当かどうか 、 わかりません。

　　順道補充一點：有一種**疑問句式的名詞子句**，它並不屬於主要子句動詞（核心）的車廂（並非像上述這樣，是將名詞子句插入「が」或「を」等格助詞的位置的），而純粹就只是用來**補足語意**而已，因此本來就不會有「格助詞」。這種情況，並不是省略了格助詞，而是本來就沒有。

- 美味しいかどうか （×が／×を…）、食べてみてください。（吃吃看，看好不好吃。）
- 父は何を思ったか （×が／×を…）、突然怒り出した。（爸爸不知道想到了什麼，突然發飆。）

最後，疑問句式的名詞子句，不只可以擺在格助詞「が」、「を」的前面，亦可擺在「に」、「で」等格助詞，甚至「について」、「によって」等複合格助詞的前方。

⑦ 商品の値段は｜需要があるかどうか｜で　決める。（商品的價格依照有無需求而決定。）

⑧ 皆さん、｜この仮説に矛盾があるかどうか｜に　注目してください。

（各位，請注意，看這個假說有無矛盾的部分。）

⑨ 当社では｜英語ができるかどうか｜によって　給料が　違う。

（本公司依照你會不會英文，而薪資也會不同。）

⑩｜A社の商品が腰の痛みにどのくらい効果があるのか｜について　詳しく　知りたい。

（我想要詳細了解關於A公司的產品對於腰痛有多大的效果。）

📄 隨堂練習：

第①題至第⑤題請仿造例句，將名詞子句插入主要子句當中後，再找出主要子句的核心，進而畫出句型架構。（）括弧部分提示需要使用的文法成分。第⑥題至第⑭題則是請直接找出主要子句的核心，進而畫出句型架構。再用框框標出名詞子句。

例：主要子句：私はできません。

　　名詞子句：英語を話します。（こと）

　→私は 英語を話すこと が できません。

① 主要子句：知っていますか。

　名詞子句：木村さんは結婚しました。（の）

　→

② 主要子句：先生に伝えてください。

　名詞子句：私はゼミに出られません。（こと）

　→

③ 主要子句：わかりません。

　　名詞子句：台風は来ますか。（かどうか）

　→

④ 主要子句：考えています。

　　名詞子句：プレゼントは何がいいですか。（か）

　→

⑤ 主要子句：調べてください。

　　名詞子句：ホテルでインターネットが使えますか。（かどうか、について）

　→

⑥ 明日は都合がいいかどうか山本さんに聞いてみてください。

⑦ 警察は容疑者に本当にアリバイがあるかどうかを確かめた。

⑧ 児童福祉法をどう改正するかが問題だ。

⑨ 大学生活を支えているのがアルバイト収入だ。

⑩ 今後どう生きるかについて考えています。

⑪ この新製品は環境に優しいかどうかに関して考察している。

⑫ 批判的なことを言うのはよくない。

⑬ Ａ 「田中さんはダンスが上手ですよね。」
　 Ｂ 「そうですね。どうやったらあんな動きができるのかとても不思議に思います。」

⑭ 女性天皇を認めるかどうかをめぐって、皇室典範に関する有識者会議という会が設置された。

💬 解答：

① 木村さんが結婚したの を　知っていますか。（你知道木村小姐結婚了嗎？）

② 私がゼミに出られないこと を　先生に　伝えてください。（請幫我告訴老師我無法出席研討會。）

③ 台風は来るかどうか （が）　わかりません。（不知道颱風會不會來。）

④ プレゼントは何がいいか （を）　考えています。（我正在思考禮物要送什麼。）

⑤ ホテルでインターネットが使えるかどうか について　調べてください。（請調查一下看飯店內能不能上網。）

⑥ 明日は都合がいいかどうか （を）　山本さんに　聞いてみてください。（請問問看山本先生明天方不方便。）

⑦ 警察は 容疑者に本当にアリバイがあるかどうか を　確かめた。（警察確認了嫌犯是否真的有不在場證明。）

⑧ 児童福祉法をどう改正するか が 問題だ。（要如何改正兒童福祉法，這才是問題所在。）

⑨ 大学生活を支えているの が アルバイト収入だ。（支撐我大學生活的是打工的收入。）

⑩ 今後どう生きるか について 考えています。（我正在思考今後如何過日子。）

⑪ この新製品は環境に優しいかどうか に関して 考察している。
（我正在考察關於這個新產品到底對於環境好不好。）

⑫ 批判的なことを言うの は よくない。（說一些批判性的話語不太好喔。）

⑬ A「田中さんはダンスが上手ですよね。」
　 B「そうですね。どうやったらあんな動きができるのか とても　不思議に　思います。」
（A「田中先生舞跳得很棒耶。」　B「對啊，到底要怎麼樣才有辦法做出那樣的動作，我覺得很不可思議。」）

⑭ 女性天皇を認めるかどうか をめぐって、皇室典範に関する 有識者会議 が 設置された。
　　　名詞子句　　　　　　　　　　　　　　　　　形容詞子句　　被修飾名詞

（關於是否要認可女性天皇一事，設置了關於皇室典範的專家會議。）

第十五課 強調構句（分裂文）

　　「強調構句（強調句）」，又稱作「分裂文」。顧名思義，就是將一個句子中欲強調的部分，移至後方當述語，以「～のは　Xです」的結構來強調 X 的部分。只要是句子的車廂（補語），都可以後移置 X 的部分來強調。

　　之所以會將強調構句也作為是名詞子句，是因為無論是「は」的前方，還是 X 的部分，都是用來放置一個名詞的。強調構句的基本構造就是我們第三課所學習到的第①種句型，也就是名詞述語句的基本結構「～は　～です」。本課為了解說方便，標示方式不同於前幾課。「は」與「です」等基本結構部分使用框框標示，而被強調的車廂（補語）則是以「底線」標示。

　　（原始句）陳さんは　<u>台湾南部の　小さな　町で</u>　生まれました。（陳先生誕生於台灣南部的小鎮。）

　　（強調句）（陳さんが　生まれた）の は 台湾南部の　小さな　町 です 。（陳先生所誕生的地方是台灣南部的小鎮。）

　　如上例，原始句為「陳さんは　台湾南部の小さな町で　生まれました」。說話者若要強調「台湾南部の小さな町で」這個車廂部分，只要將這部分的助詞「で」刪除後，移至「～のは X です」的 X 位置。接下來，再把原句剩下的其他成分，往前移至「のは」的前方即可。此外，由於「の」為形式名詞，用於將動詞句名詞化，因此前移的部分，必須比照形容詞子句的規定，使用常體，並將主語部分的助詞「は」改為「が」。

　　接下來，再來多看幾句原始句改為強調構句的例句：

（原始句）昨日　　新宿へ　　行きました。（昨天去了新宿。）

（強調句）昨日行った**の**|は|新宿|です|。（昨天去的是新宿。）

・A：昨日、池袋へ行った時、駅前の新しいデパートへ行きましたか。

（A：昨天去池袋的時候，你有去車站前的新百貨公司嗎？）

　B：私が昨日行った**の**|は|、池袋じゃなくて新宿|です|。

（B：我昨天去的不是池袋，而是新宿。）

（原始句）私は　　iPhone が　　欲しいです。（我想要 iPhone。）

（強調句）私が欲しい**の**|は|iPhone|です|。（我想要的是 iPhone。）

・A：HUAWEI の新しいスマホ、買います？（你要買華為的新手機嗎？）

　B：いいえ、買いません。私が欲しい**の**|は|iPhone|です|から。（不要，我不買。因為我想要的是 iPhone）

（原始句）彼は　　男の人が　　好きです。（他喜歡男生。）

（強調句）彼が好きな**の**|は|男の人|です|。（他喜歡的是男生。）

・A：涼平君、いつもリサちゃんと一緒ですね。リサちゃんのことが好きなんでしょうか。

（A：涼平一天到晚都跟莉莎在一起，他是不是喜歡莉莎？）

　B：涼平君が好きな**の**|は|男の人|です|から、たぶん彼女とはただの友達だと思いますよ。

（B：涼平喜歡的是男生，我想莉莎她大概就只是普通朋友吧。）

強調構句中，所有的補語（車廂）成分，皆可後移至後方作強調。如下例中的 A.～D. 句，則是分別將「林さんが」「この雑誌を」「コンビニで」「先週」等部分分別移至後方作強調的講法。**原則上，格助詞必須刪除，但「で」可刪除可不刪除。**

（原始句）先週　林さんは　コンビニで　この雑誌を　買いました。（上個星期林先生在便利商店買了這本雜誌。）

（強調句）A.～D.

　　A. 先週この雑誌をコンビニで買った　　　　の は　　林さん**が** です。
　　　（上個星期在便利商店買這本雜誌的，是林先生。）

　　B. 先週林さん**が**コンビニで買った　　　　の は　　この雑誌**を** です。
　　　（上個星期林先生在便利商店買的，是這本雜誌。）

　　C. 先週林さん**が**この雑誌を買った　　　　の は　　コンビニ**で** です。
　　　（上個星期林先生買這本雜誌＜的地方＞，是在便利商店。）

　　D. 林さん**が**この雑誌をコンビニで買った　　の は　　　　　先週 です。
　　　（林先生在便利商店買這本雜誌＜的時間＞，是上個星期。）

但若後移的部分為「から」或「まで」，則不可刪除。

（原始句）山崎さんは　名古屋から　来ました。（山崎先生從名古屋來的／來自名古屋。）

（強調句）山崎さん**が**来た**の** は 名古屋**から** です。（山崎先生出發的地方，是名古屋。）

（原始句）六本木ヒルズのイルミネーションは　クリスマスまで　見られます。

（六本木之丘的燈飾點燈，一直到聖誕節都還有／看得到。）

（強調句）六本木ヒルズのイルミネーション**が**見られる**の** は クリスマスまで です 。

（可以看到六本木之丘的燈飾點燈的＜期間＞，是一直到聖誕節。）

此外，若後移的部分含有副助詞，如「だけ」、「ぐらい」、「ほど」…等，則副助詞亦不可刪除。

（原始句）２日ぐらい　旅行に　行きました。（我去旅行了兩天左右。）

（強調句）旅行に行った**の** は ２日ぐらい です 。（我去旅行＜所花費的時間＞，大約是兩天左右。）

最後，用於表原因理由的「〜から」、「〜ため」、「〜おかげで」、「〜せいで」…等副詞子句（之後章節詳述），亦可後移至 X 的部分，來作為強調句。此時「〜から」「〜ため」、「〜おかげで」、「〜せいで」…等也不可刪除。

（原始句）電車の事故がありましたから、彼は会議に遅れました。（因為發生了電車事故，所以他會議遲到了。）

（強調句）彼**が**会議に遅れた**の** は 、電車の事故があった**から** です 。（他之所以會議遲到了，是因為發生了電車事故。）

（原始句）気温が低すぎたため、野菜が枯れてしまいました。（因為氣溫過低，所以蔬菜枯萎了。）

（強調句）野菜が枯れてしまった**の** は 、気温が低すぎた**ため** だ 。（蔬菜之所以會枯萎，是因為氣溫太低了。）

（原始句）先輩の助言のおかげで、私はこの大学に合格できました。（多虧了學長給我建議，我才考得上這所大學。）

（強調句）私**が**この大学に合格できた**の** は 、先輩の助言の**おかげ** だ 。

（我之所以考得上這所大學，全是多虧了學長給我建議之福。）

（原始句）電車が遅れたせいで、約束の時間に間に合わなかった。（因為電車誤點了，所以沒有趕上約定的時間。）

（強調句）約束の時間に間に合わなかったのは、電車が遅れたせいだ。

（我之所以沒有趕上約定的時間，是因為電車誤點了。）

因此，當我們在分析句型結構時，若是看到主要子句為「～のは～からだ」、「～のは～ためだ」、「～のは～おかげだ」「～のは～せいだ」…等，就可以立刻知道這就是強調構句。也就是說，一但看到句尾核心部分出現「～からだ／です」、「～ためだ／です」、「～おかげだ／です」、「～せいだ／です」的時候，就可以先往前方找出「～のは」的部分。

📑 隨堂練習：

請仿造例句，將句子改為強調構句。欲強調的部分為畫底線的部分。

例：翔平君は、6時まで教室で勉強していました。（翔平在教室讀書到六點。）
　→ 翔平君が教室で勉強していたのは、6時までです。（翔平在教室讀書的時間，是到六點。）

---

① 春日さんは、先月会社の近くのタワーマンションに引っ越しました。
　（春日先生上個月搬去公司附近的超高層住宅樓。）
　→

② 春日さんは、先月会社の近くのタワーマンションに引っ越しました。
　（春日先生上個月搬去公司附近的超高層住宅樓。）
　→

③ 天野さんは、今年の4月に三井商社に就職しました。（天野先生於今年四月就職於三井商社。）
　→

④ 来月フランスに留学しますから、彼女は会社を辞めました。（下個月因為要去法國留學，所以她辭去了工作。）
→

⑤ 人口が減りましたから、日本の田舎の土地は安くなりました。（因為人口減少，所以日本鄉下的土地變便宜了。）
→

⑥ 目白は、人が少なく閑静な住宅街ですから、住みやすいです。
（目白因為是人很少的安靜住宅區，所以住起來很舒服。）
→

⑦ （私は）家が貧乏なため、大学に行けなかった。（我因為家裡很窮，所以無法上大學。）
→

⑧ いつ頃から、日本に興味を持ちはじめましたか。（你是從什麼時候，開始對日本感興趣的。）
→

💬 解答：

① 先月、会社の近くのタワーマンションに引っ越したのは春日さんです。
（上個月搬到公司附近超高層住宅樓的，是春日先生。）

② 春日さんが会社の近くのタワーマンションに引っ越したのは先月です。
（春日先生搬到公司附近超高層住宅樓，是上個月的事。）

③ 天野さんが今年の４月に就職したのは三井商社です。
（天野先生今年四月就職的地方，是三井商社。）

④ 彼女が会社を辞めたのは、来月フランスに留学するからです。
（她之所以辭去工作，是因為下個月要去法國留學。）

⑤ 日本の田舎の土地が安くなったのは、人口が減ったからです。
（日本鄉下的土地之所以會變便宜，是因為人口減少的緣故。）

⑥ 目白が住みやすいのは、人が少なく閑静な住宅街だからです。
（目白之所以住起來很舒服，是因為它是人很少的安靜住宅區。）

⑦ 私が大学に行けなかったのは家が貧乏なためです。（我之所以無法上大學，是因為我家裡很窮。）

⑧ 日本に興味を持ち始めたのは、いつ頃からですか。（你對日本感興趣的時間點，是從什麼時候開始呢？）

第十六課 名詞子句中的名詞子句

　　就有如第十課，形容詞子句中，還可以包含著一個更小形容子句一樣。名詞子句中，也可以包含一另個更小的名詞子句。近年檢定考的重組題，就特別喜歡出題這樣，內包好幾層子句的形式的題目。

例一：

　　　　　彼　　　　　を　待つ。（我等他。）
　　　　　名詞

　　　　恋人が来るの　を　待つ。（我等男／女朋友來。）
　　　　　名詞子句

　　　　恋人が来るの　を　待つの　は　楽しい。（等男／女朋友來＜這件事＞很快樂。）
　　　　名詞子句中的名詞子句

　　　　　名詞子句

例二：

旅行 **に** 役に立つ。（對於旅行派得上用場。）
名詞

単語を調べるの **に** 役に立つ。（用來查單字很有用／派得上用場。）
名詞子句

単語を調べるの **に** 役に立つかどうか、先生に聞いてください。（你去問老師看看這用來查單字有沒有用。）
名詞子句中的名詞子句

名詞子句

　由於名詞子句「〜のは、〜のを、〜のに、〜ので」以及「〜か、〜かどうか」本身的文法限制很多，可以使用的語境非常有限（※註：請參閱姐妹書《穩紮穩打！新日本語能力試驗 N4 文法》第 25 單元），因此這一課，我們僅舉出語意上可以互相配合的，名詞子句中的名詞子句的例句，與各位同學一起來看看。例句中，框框部分為名詞或名詞子句、＿＿＿的部分則為名詞子句中的名詞子句、粗體助詞則為主要子句的車廂之助詞、核心（述語・火車頭）則以紫色網底表示。

① 「〜のを　〜のは」、「〜のに　〜のを」

・人が勉強するのを邪魔するのは　よくないですよ。（去打擾人家讀書不太好喔。）

・彼が彼女に会うのを止めるのは　無理です。（沒辦法阻止他去見她。）

・親を説得するのに時間がかかるのを　知っています。（我知道要去說服雙親要花時間。）

・東京で 3LDK の家を買うのに、7000 万円いるのを　知っていますか。

（你知道要在東京買一間三房的房子要七千萬日幣嗎？）

② 「〜のが／〜のに／〜のは」＋「〜か／〜かどうか」

・私は、彼女がどんな映画を観るのが好きか、わかりません。（我不知道她喜歡看哪一種電影。）

・彼女に、映画を観るのが好きかどうか、聞いてみてください。（你去問她看看，看她喜不喜歡看電影。）

・運転免許を取るのに何ヶ月かかったか、直接彼に聞いてみてください。

（你直接去問他，看他為了考取駕照花了幾個月。）

・昨日彼がデパートで買ったのは何か、知っていますか。

（你知道他昨天在百貨公司買的東西是什麼嗎？）

③「〜か／〜かどうか」＋「〜のを／〜のは」

・プレゼントは何が欲しいか、彼に聞くの**を** 忘れた。（我忘記問他想要什麼禮物了。）

・彼がゲイかどうか、直接聞くの**は** 失礼です。（直接去問他是不是同志，很沒禮貌。）

④「〜ことが／〜ことを」＋「〜か／〜かどうか」

・子どもを静かにさせること**が**どんなに大変か、よくわかります。（我很清楚，要讓小孩安靜下來有多困難。）

・今日の授業では、今まで練習してきたこと**を**覚えているかどうか、確認していきます。

（今天的課程，要來確認各位有沒有記得之前所學過的東西。）

請仿造本課中的例句，先找出句子的核心，畫出句型架構後，再用框框標出名詞子句，並使用底線「〰〰〰」標示出內包於框框名詞子句中的名詞子句。

---

① 私は YouTube で、人が食事をしているのを見るのが好きです。

② 彼らが楽しそうに話しているのを邪魔するのは悪いから、先に帰ってしまった。

③ 今度の連休に、一緒に旅行に行きたいかどうか彼に聞くのを忘れた。

④ これは本当に花を切るのに使うかどうか、もう一度先生に確認してください。

💬 解答：

① 私は YouTube で、人が食事をしているのを　見るの が　好きです。（我喜歡在 YouTube 上看人家吃飯。）

② 彼らが楽しそうに話しているのを　邪魔するの は 悪いから、先に帰ってしまった。
（不好意思打擾他們兩個快樂地聊天，所以我先回去了。）

③ 今度の連休に、一緒に旅行に行きたいかどうか（を）　彼に　聞くの を　忘れた。
（我忘記問他這次的連休想不想要和我們一起去旅行。）

④ これは本当に花を切るのに使うかどうか（を／について）、もう一度　先生に　確認してください。
（請再跟老師確認一次，看這是不是真的用來剪花。）

第十七課 將名詞子句改寫為強調構句

本課延續第十五課的強調構句。這一課要為各位介紹的是，如何將疑問句式的名詞子句「～か／～かどうか」、以及肯定否定句式的名詞子句「～のが／～のに／～のは」，改寫成「～のは～です（強調構句）」的形式。

在學習第十三課與第十四課時，我們知道名詞子句本來就是屬於主要子句中的一個車廂。既然名詞子句的部分也是個車廂，那它當然就可以拿來放在強調構句當中，欲強調的 X 的部分囉，改寫的方法就跟第十五課的說明一樣，只要把欲強調的部分，直接後移至「～のは X です」的 X 部分，剩下的成分則移至「～のは」的前方即可。

以下為疑問句式名詞子句「～か／～かどうか」改為「～のは～です」強調構句的例子

- （含有名詞子句的原始句）太郎ちゃんがもう漢字を書けるようになったかどうか**を、私は** あの子の母親に 聞いた。

   （我問了那孩子的媽媽，看太郎是不是已經會寫漢字了。）

   （名詞子句改為強調構句）私があの子の母親に聞いたの は、太郎ちゃんがもう漢字を書けるように なったかどうか です。

   （我問那孩子的媽媽的問題，是問說太郎會不會寫漢字了。）

- （含有名詞子句的原始句）新幹線は何時に着くか を　私は　調べた。（我查詢了新幹線什麼時候會到。）

  （名詞子句改為強調構句）私が調べたの は、新幹線は何時に着くか です。（我查詢的，是新幹線幾點會到。）

- （含有名詞子句的原始句）お土産は何が いいか について、夫と　相談しました。

  （我和老公商量了，伴手禮要買什麼比較好這件事。）

  （名詞子句改為強調構句）夫と相談したの は、お土産は何がいいかについて です。

  （我和老公商量的事情是，伴手禮要送什麼比較好。）

- （含有名詞子句的原始句）ホテルの部屋の設備ではなくて、インターネットに繋がるかどうか が　大事だ。

  （不是房間的設備，而是能不能上網很重要！）

  （名詞子句改為強調構句）大事なの は、ホテルの部屋の設備ではなくて、インターネットに繋がるかどうか だ。

  （重要的，並不是飯店房間的設備，而是能不能上網！）

而當你欲將含有「～のが／～のに／～のは」等肯定否定句式的名詞子句，改為強調構句時，為了不讓句末呈現「～のです」的型態，會以「こと」來替代原本的附加於子句內的形式名詞「の」。這是因為句末「～のです」帶有「関連づけ」的特殊用法的緣故。（※ 註：關於「～のです／んです／のだ」的用法，請參考本系列姐妹書《穩紮穩打！新日本語能力試驗 N3 文法》第 90 項文法。）

以下為肯定否定句式名詞子句「～のが／～のに／～のは」改為「～のは～です」強調構句的例子

- （含有名詞子句的原始句）私は ｜映画を観るの｜が 好きです。（我喜歡看電影。）

  （名詞子句改為強調構句）私が好きなの｜は｜、映画を観る｜こと｜です｜。（我喜歡的事，是看電影。）

- （含有名詞子句的原始句）私は ｜財布を持ってくるの｜を 忘れました。（我忘記帶錢包來。）

  （名詞子句改為強調構句）私が忘れたの｜は｜、財布を持ってくる｜こと｜です｜。

  （我忘掉的，＜不是別件事，而＞是帶錢包來這件事。）

- （含有名詞子句的原始句）｜みんなで一緒に食事をするの｜は 楽しいです。（和大家一起吃飯很開心。）

  （名詞子句改為強調構句）楽しいの｜は｜、みんなで一緒に食事をする｜こと｜です｜。

  （＜真正＞開心的，是＜能夠＞和大家一起吃飯這件事。）

📄 **隨堂練習：**

請仿造本課中的例句，將框框中名詞子句的部分，改為強調構句，放到 X 的位置做強調。

---

① リサちゃんは、デートで ホラー映画を観るのが好きかどうか 僕に聞いた。

（麗莎在約會時，問我喜不喜歡看恐怖電影。）

　→

② 私は 一人で散歩するの が好きです。（我喜歡獨自一人散步。）

　→

③ どうすれば売り上げを伸ばせるか 、考えなければなりません。（我必須思考，看怎樣才能提升營業額。）

　→

④ あの真面目な田中君が、何の連絡もなく会社を休む のはおかしい。

（那認真的田中，在沒有任何聯絡的情況之下曠職，很奇怪。）

　→

💬 解答：

① リサちゃんがデートで僕に聞いたの は 、ホラー映画を観るのが好きかどうか です 。
（麗莎在約會時問我的 < 問題 > 是，我喜不喜歡看恐怖片。）

② 私が好きなの は 、一人で散歩すること です 。
（我喜歡的，是獨自一人散步 < 這件事 >。）

③ 考えなければならないの は 、どうすれば売り上げを伸ばせるか です 。
（我必須思考的是，要如何做才能提升營業額。）

④ おかしいの は 、あの真面目な田中君が、何の連絡もなく会社を休むこと だ 。
（奇怪的是，那認真的田中都沒聯絡就這樣曠職了。）

名詞子句結語：

第十三課到第十五課，我們學習了名詞子句的三種形式：

第一種名詞子句是一般肯定句與否定句式的名詞子句。它的特徵就是使用形式名詞「～の」或「～こと」來將動詞句名詞化，放在名詞的位置。因此，我們只要在句中看到「～のが／ことが、～のを／ことを、～のに／ことに、～のは／ことは」等表現，就可以得知此為名詞子句。這時，只要去找出句子後面的核心，看是哪個述語與其相對應，即可抓出主要子句的架構。

第二種名詞子句是疑問句式的名詞子句。它的特徵就是以「～常體句か」或「～常體句かどうか」來呈現，放在名詞的位置。因此，我們只要在句中看到「～か」或「～かどうか」，即可得知此亦為名詞子句。這時，只要去找出句子後面的核心，再從語意上判別「～か」「～かどうか」的後方是省略了哪個格助詞（多為「が」或「を」），就可知道這個名詞子句是屬於主要子句中的哪一個車廂（補語）了。接下來只要再依序找出主要子句的其他的車廂（必須補語或副次補語），就可分析出主要子句的架構。

第三種名詞子句則是特殊構句：強調構句。它的整體結構必定是為「～Ａのは　～Ｘです／だ」。「～Ａのは」的部分就跟第一種名詞子句一樣，使用形式名詞「の」來將整個動詞句名詞化（不可使用「こと」）。而「～Ｘです／だ」的部分，則會是原本Ａ句中的其中一個車廂（補語）成分，亦有可能是一個表示原因理由的副詞子句。當然，也可以把原本就屬於車廂成分的第一種名詞子句與第二種名詞子句搬來Ｘ的位置，改寫為強調構句，這就是我們在本課中所學習到操作方式。因此，各位同學只要看到「～のは　～です／だ」的結構，或是「～のは　～からだ」、「～のは　～ためだ」、「～のは　～おかげだ」、「～のは　～せいだ」、「～のは　～か／かどうかだ」、「～のは　～ことだ」…等，就可立即判斷出，這就是主要子句的架構，進而再去找尋其擺放名詞的位置「～」部分，就可分析出這個句子的架構了。

接下來的課程，就要正式進入第三種從屬子句：「副詞子句」了。

副詞子句

adverb
clause

第十八課 副詞子句

　　本書的第六課至第十二課，介紹了「形容詞子句」。說明了若將一個從屬子句放在形容詞的位置，用來修飾後方的「名詞」，那這個從屬子句的功能由於跟形容詞一樣，因此就稱作「形容詞子句」；第十三課至第十七課，則是介紹了「名詞子句」。說明了若將一個從屬子句放在名詞的位置（格助詞等的前方），那這個從屬子句的位置由於跟名詞一樣，因此就稱作「名詞子句」；本單元，則是要告訴同學，若將一個從屬子句放在副詞的位置，用來修飾後方的「動詞」或「形容詞」或「整個主要子句」的部分，那這個從屬子句的功能由於跟副詞一樣，因此就稱作「副詞了句」。

　　首先，我們來回顧一下第五課所提到的連用修飾。連用修飾就是用來修飾動詞或形容詞（用言）的方式。以下，就是日文中的連用修飾。

① 副詞修飾動詞	：ゆっくり食べる／へらへら笑う／たぶん来ない
② イ形容詞副詞形修飾動詞	：早く来て／楽しく遊ぼう／暑くなる
③ ナ形容詞副詞形修飾動詞	：静かに寝る／有名になった／上品に歩く
④ 補語（車廂）修飾動詞	：バスで行く／ご飯を食べる／雨が降る
⑤ 動詞て形修飾動詞	：歩いて行く／連れて来る／立って寝る
⑥ 副詞子句修飾動詞	：眼鏡をかけて出かける
⑦ 副詞修飾イ形容詞	：すごく美味しいです。
⑧ 副詞修飾ナ形容詞	：とても静かです。

上述的第⑥項，就是本課主要學習的修飾方式。像是這種用一個句子（底線部分）來修飾一個動詞或形容詞的修飾部分，就稱作「副詞節」又或是「連用修飾句」。也因為這樣的句子，其功能就等同於一個副詞，用來修飾一個動詞或形容詞，因此本書將這樣的修飾句，統稱為**「副詞子句」**（Adverb Clause）。

　　關於「副詞子句」，除了上述第⑥項所提到的「～て」以外，可作為「副詞子句」用來修飾「後方動詞」或者修飾「整個主要子句」的從屬子句者，主要有下列幾種（僅舉出部分例子）：

- 表條件的「～と、～ば、～たら、～なら」以及

  「～場合、～限り、～とすれば／としたら、～となれば／となると」…等。

- 表原因理由的「～から、～ので、～ために」以及

  「～おかげ／せいで、～からには、～うえは／以上は、～だけに、～ばかりに」…等。

- 表逆接的「～が、～けど、～ても、～のに」以及

  「～だって、～としても／にしても、～（よ）うが／と、～くせに、～ものを」…等。

- 表時間關係的「～時、～てから、～まえに、～あとで」以及

  「～間（に）、～うち（に）、～度に、～とともに、～につれて」…等。

- 表樣態等的「～ながら、～たまま、とおりに、～ほど」以及

  「～ように、～ごとく、～ともなく、～つつ、～きり、～なり」…等。

- 表引用內容的「～と（言う／思う）、～ように（命じる／頼む／言う）、～って」。

關於上述副詞子句的接續表現，有兩點補充：

一、學術上，將「～が、～けれども、～し、～て（部分用法）」以及「～（の）に対して、～一方で、～反面、～上で」…等歸類為「對等子句」，將「～たり～たり、～し～し、～とか～とか」以及「～なり～なり、～にしろ～にしろ、～やら～やら、～だの～だの」…等歸類為「並列子句」。但由於本書的目的在於解讀長句，而非鑽研文法，且過度的細分類反而會造成閱讀的障礙，因此本書採便宜之計，統一**將「對等子句」以及「並列子句」都視為「副詞子句」**。

二、表引用的「～と」，有些文法書將其視為格助詞，這是因為會使用到「～と」的動詞，像是「言う、語る、思う」等，它的補語（車廂）可以同時有**發話的內容**以及**目的語**存在，因此會形成「～が　～を　～と 言う」這樣的骨骼結構，因此這些文法書才將「～と」也歸類為格助詞，把它當作是車廂之一來看待。

- 父 は 母 に 実家に帰られたら困る と 文句 を 言った。（爸爸對媽媽抱怨說，你回娘家我會很困擾。）

- 部長 は 田中さん を 無能なバカ社員だ と 思っている。（部長認為田中先生是個無能的笨蛋社員。）

- 鈴木さん は やっと娘のもらい手が見つかった と　ユーモアいっぱいに 娘の結婚の喜び を 語っていました。

（鈴木先生用充滿幽默的口吻述說著他女兒結婚的喜悅，說「總算找到要我女兒的人了」。）

但由於「～と」的前方屬於子句的形式，而非單純的名詞，且即便將它當成格助詞看待，車廂本身的功能也是用來修飾後方的述語（核心），因此無論是將「～と」視為格助詞，用來修飾後面的動詞（核心），又亦或是將其視為是副詞子句，用來修飾後方的動詞（核心），其實描述的都是同一件事。因此為了化繁為簡，**本書直接將「～と」等「引用節」也視為是副詞子句。**

📑 **隨堂練習：**

請仿造例句，使用後方提示的接續表現，將兩個（或三個）句子合併在一起。前句為副詞子句，後句為主要子句。

例：雨が降ります。＋ハイキングに行きません。（〜たら）
　→雨が降ったら、ハイキングに行きません。

---

① 高いです。＋ このうちを買います。（〜ても）
　→

② ガムを噛みます。＋ 先生の話を聞いてはいけません。（〜ながら）
　→

③ 体の調子がいいです。＋ 明日来てください。（〜ば）
　→

④ 家族に会えません。 ＋ 寂しいです。 （～て）

　　→

⑤ 勉強して、ある程度日本語が話せるようになる。 ＋ 日本語の授業が面白くなった。 （～から）

　　→

⑥ 先週買ったばかりです。 ＋ 壊れてしまいました。 ＋ 新しいのを買いました。 （～のに、～から）

　　→

💬 解答：

① 高くても、このうちを買います。（再怎麼貴，我也要買這間房子。）

② ガムを噛みながら、先生の話を聞いてはいけません。（不可以一邊嚼著口香糖一邊聽老師講話。）

③ 体の調子が良ければ、明日来てください。（如果身體狀況不錯的話，請你明天來。）

④ 家族に会えなくて、寂しいです。（見不到家人，感到很寂寞。）

⑤ 勉強して、ある程度日本語が話せるようになってから、日本語の授業が面白くなった。

（學習日文達到一定會講的程度後，日文課就變得很有趣了。）

⑥ 先週買ったばかりなのに、壊れてしまいましたから、新しいのを買いました。

（上個星期才剛買，又壞掉了，所以我買了新的。）

第十九課 副詞子句的修飾關係

　　下列例句中，畫底線部分為副詞或副詞子句，框框的部分為被副詞或副詞子句修飾的部分，粗體助詞則為主要子句的車廂之助詞，紫色網底部分則是主要子句的核心。

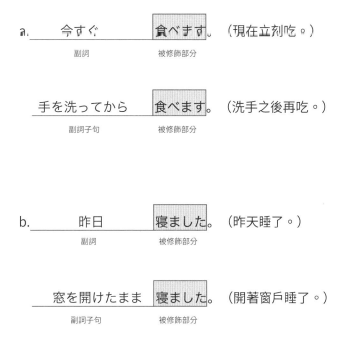

a. 今すぐ 食べます。（現在立刻吃。）
　　副詞　　　被修飾部分

　手を洗ってから 食べます。（洗手之後再吃。）
　　　副詞子句　　　被修飾部分

b. 昨日 寝ました。（昨天睡了。）
　　副詞　　　被修飾部分

　窓を開けたまま 寝ました。（開著窗戶睡了。）
　　　副詞子句　　　被修飾部分

c. もうすぐ 暖かくなります。（快要變暖和了。）

　　副詞　　　被修飾部分

春になると 暖かくなります。（一到了春天，就會變暖和。）

　　副詞子句　　　被修飾部分

d. そろそろ 行きましょう。（差不多該走了。）

　　　　副詞　　　　　　　被修飾部分

明日、もし天気がよかったら、ディズニーランドへ行きましょう。（明天，如果天氣不錯的話，就去迪士尼樂園吧。）

　　　副詞子句　　　　　　　　　　　被修飾部分

e. 彼は、 一生懸命 勉強しています。（他努力讀書。）

　　　　副詞　　　被修飾部分

彼は、いい大学に入るために、一生懸命勉強しています。（他為了考上大學，努力讀書。）

　　　副詞子句　　　　　被修飾部分

f. 彼は、　　　　全然　　　　太りません。（他都不會發胖。）

　　　　　　　副詞　　　　　　被修飾部分

彼は、　いつもいっぱい食べるのに　全然太りません。（他明明就都吃一堆東西，但卻都不會胖。）

　　　　　副詞子句　　　　　被修飾部分

g.　　　　静かに　　　　話してください。（請輕聲細語講話。）

　　　　副詞　　　　　被修飾部分

英語がわからないので　日本語で話してください。（因為我不懂英文，請你用日文講。）

　　副詞子句　　　　　被修飾部分

h.　　真面目に　　　　練習しています。（認真地練習。）

　　　副詞　　　　　被修飾部分

コーチが教えたとおりに　練習しています。（我按照教練教的方式練習。）

　　副詞子句　　　　　被修飾部分

接下來，分別針對 c.~f. 這四個例句的構造詳細說明：

c.

春になると　暖かく　なります。
副詞子句　　副詞　被修飾動詞
　　　　　　被修飾部分
　　　　　　主要子句

「暖かく」為副詞，修飾動詞「なります」。而「暖かくなります」整個部分，就是主要子句。副詞子句「春になると」則是用來修飾主要子句「暖かくなります」整個部分。

d.

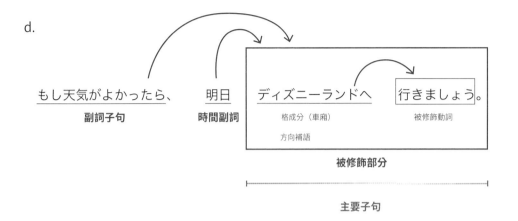

「明日」為表時間的副詞，「ディズニーランドへ」則為表方向的補語。「ディズニーランドへ」用來修飾動詞「行きましょう」，而時間副詞「明日」用來修飾「ディズニーランドへ行きましょう」這個部分。

這句話當中的副詞子句部分「もし天気がよかったら」，用來修飾動詞「ディズニーランドへ行きましょう」這一個部分：「もし天気が良かったら、ディズニーランドへ行きましょう」。因此副詞子句「もし天気がよかったら」，其位階等同於時間副詞「明日」。

我們可以將副詞子句「もし天気がよかったら」、以及時間副詞「明日」這兩個成分的位置互相調換，就可得知並不會影響語意，因而可證明這兩者位階相當。

- もし天気がよかったら　明日　ディズニーランドへ　行きましょう。
- 明日　もし天気がよかったら　ディズニーランドへ　行きましょう。

e.

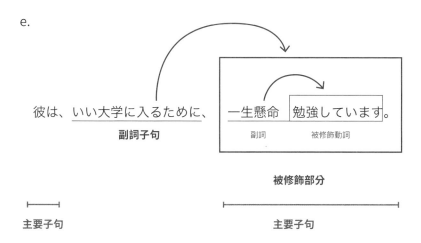

此句的構造與 d. 句類似。先由副詞「一生懸命」來修飾動詞「勉強しています」，再由副詞子句「いい大学に入るために」來修飾「一生懸命勉強しています」整個部分。

「彼は」則是用來表示整個句子的「主題」，它同時是主要子句的「動作主體」，也是副詞子句的「動作主體」。也就是說，副詞子句「進大學」的動作主體是「彼」；主要子句「努力讀書」的動作主體也是「彼」。日文中，一般習慣將主題「〜は」的部分移至最前方，因此看起來才會像上圖這樣，主要子句看似被拆成了兩半。但即便將「彼は」移到副詞子句的後方，文法上以及語意上仍是正確、不影響的。

・彼は　いい大学に入るために　一生懸命勉強しています。
・いい大学に入るために　彼は　一生懸命勉強しています。

f.

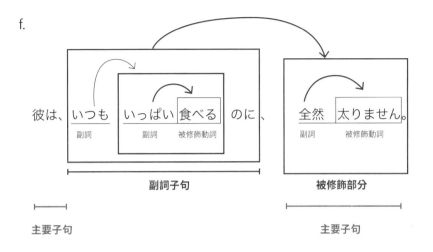

これ句話的主要子句部分，與前三句類似。都是由一個副詞來修飾一個動詞。這裡要請同學們注目的是副詞子句的部分。

副詞子句「いつもいっぱい食べるのに」用來修飾「全然太りません」。而這個副詞子句本身的內部結構，則是多層的副詞修飾結構。先是由副詞「いっぱい」來修飾動詞「食べる」，再由副詞「いつも」來修飾整個「いっぱい食べる」部分。

綜合這上面四個例句的修飾構造，我們可以得知副詞以及副詞子句的修飾構造，是具有「**階層性**」的，就像上圖這樣一層包著一層。這點，在更複雜的句子構造中相當重要。一個副詞修飾動詞的結構，可以被副詞子句包起來，當然，也就可以有另一個更大的副詞子句，來包住另一個更小的副詞子句。我們將在下一課仔細探討這樣的結構。

請仿造例句，先找出主要子句的骨骼（標出核心與車廂），再用底線標出副詞子句。

例：彼は、テレビを見ながら食事をしている。（他一邊看電視，一邊吃飯。）

　→ 彼は、<u>テレビを見ながら</u>　食事を　している。

---

① 音楽を聞きながら、仕事をします。

② 旅行に行く前に、ガイドブックを読んでおきます。

③ 私が今から言うとおりに、書いてください。

④ 早く泳げるように、毎日練習しています。

⑤ 将来自分の店を持つために、貯金しています。

⑥ 天気が良ければ、向こうに島が見えます。

⑦ 日本医師会は脳死が死だと認定した。

⑧ 首相はヨーロッパ諸国を訪問したいと望んでいる。

💬 解答：

① 音楽を聞きながら、仕事を　します。（一邊聽音樂，一邊工作。）

② 旅行に行く前に、ガイドブックを　読んでおきます。（去旅行之前，先讀導覽書。）

③ 私が今から言うとおりに、書いてください。（請按照我等一下講的寫下來。）

④ 早く泳げるように、毎日　練習しています。（為了能夠早日學會游泳，我每天都練習。）

⑤ 将来自分の店を持つために、貯金しています。（為了將來能夠擁有自己的店，我正在存錢。）

⑥ 天気が良ければ、向こうに　島が　見えます。（天氣好的話，對面可以看到島。）

⑦ 日本医師会は　脳死が死だと　認定した。（日本醫師會認定腦死為死亡。）

⑧ 首相は　ヨーロッパ諸国を訪問したいと　望んでいる。（首相期望能夠訪問歐洲諸國。）

第二十課 副詞子句中的副詞子句

　　前兩課，我們學習到了何謂副詞子句。本課，我們要介紹副詞子句當中，還可以包含著個另一個副詞子句的結構。副詞子句包覆的層層結構，有兩種形式。第一種為「由左向右擴張」的形式，第二種為「由右向左擴張」的形式。

以下為「由左向右擴張」的形式

第一層

・テレビを見ながら、ご飯を食べている。（一邊看電視一邊吃飯。）

　　「テレビを見ながら」為副詞子句，修飾主要子句「ご飯を食べている」。到目前為止，這是在上一項文法就學習到的，典型的副詞子句構造。

第二層

・テレビを見ながら、ご飯を食べている時、地震が起こった。（當我一邊吃飯一邊看電視的時候，發生了地震。）

　　接下來，我們可以將第一層當中的「テレビを見ながら、ご飯を食べている」整個句子當作一個說明發生時點的副詞子句，用來修飾主要子句「地震が起こった」。這樣一來，「テレビを見ながら、ご飯を食べている時」整個部分，就又變成了一個副詞子句，用來修飾主要子句的動詞「起こった」。

・テレビを見ながら、ご飯を食べている時、地震が起こったから、慌てて逃げ出した。

（當我一邊吃飯一邊看電視的時候，發生了地震，所以我就很慌張地逃了出去。）

　　當然，即便上述已經包含了兩層的副詞子句，我們依然可以在最外層，再放一個更大的主要子句，把第二層的主要子句包起來，變成另一個副詞子句。「慌てて逃げ出した」則是最外層的主要子句，而「テレビを見ながら、ご飯を食べている時、地震が起こったから」整個部分，就變成了它的副詞子句。

這三層的圖示如下：

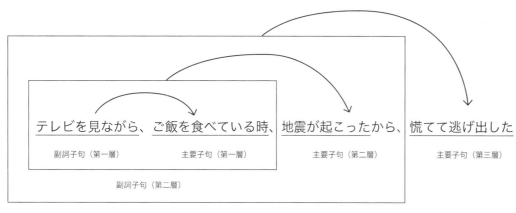

以下例句為與上圖相同構造的舉例（部分例句為兩層構造，部分例句為三層構造）：

- パジャマを着る。

→ パジャマを着て、学校へ行く。

→ パジャマを着て、学校へ行ったら、先生に叱られました。（穿著睡衣，去學校，結果被老師罵了。）

・ 一生懸命考えた。

→ 一生懸命考えても、答えがわからない。

→ 一生懸命考えても、答えがわからないから、先輩に教えてもらった。

→ 一生懸命考えても、答えがわからないから、先輩に教えてもらったが、間違いだった。

（努力想破頭，還是不知道答案，所以去請前輩教我，但結果他教的是錯的。）

・ 先週買ったばかりだ。

→ 先週買ったばかりなのに、壊れてしまった。

→ 先週買ったばかりなのに、壊れてしまったから、新しいのを買いました。

（這明明就上個星期才剛買，就已經壞掉了，所以又買了一個新的。）

・ 先生が説明した。

→ 先生が説明したとおりに、やってみた。

→ 先生が説明したとおりに、やってみたが、失敗してしまった。

→ 先生が説明したとおりに、やってみたが、失敗してしまったから、今後あの先生の言うことはもう信じません。

（我按照老師的說明去做了，但還是失敗了，所以從今以後我不會再相信那個老師講的話。）

・ ここに来る。

→ ここに来る前に、ご飯をいっぱい食べました。

→ ここに来る前に、ご飯をいっぱい食べたのに、もうお腹が空いたんですか。

（你來這裡之前，明明才剛吃了一堆飯，怎麼現在肚子又餓了嗎？）

・ 毎日エアコンをつける。

→ 毎日エアコンをつけたまま、出かけた。

→ 毎日エアコンをつけたまま、出かけても、電気料金はそんなにかかりません。

→ 毎日エアコンをつけたまま、出かけても、電気料金はそんなにかかりませんから、気にしなくてもいいですよ。

（即便每天開著冷氣不關就出門，電費也不會貴到哪裡去，所以你不用太在意電費喔。）

以下為「由右向左擴張」的形式

前面，我們看到的例句為句子「由左向右」擴張的形式，當然，反之亦可。以下為「由右向左」擴張的例句：

第一層

・テレビを見ながら、ご飯を食べてもいいです。
（可以一邊看電視一邊吃飯。）

「テレビを見ながら」為副詞子句，修飾主要子句「ご飯を食べる」。

第二層

・忙しかったら、テレビを見ながら、ご飯を食べてもいいです。
（如果忙的話，我就會一邊看電視一邊吃飯。）

接下來，我們提出一個說明發生條件的副詞子句「忙しかったら」，來修飾第一層當中的「テレビを見ながら、ご飯を食べてもいいです」整個句子。意旨在「忙碌」這個條件之下，就會一邊看電視一邊吃飯。

・時間の節約になりますから、忙しかったら、テレビを見ながら、ご飯を食べてもいいです。
（因為這樣比較節省時間，所以如果忙的話，我就會一邊看電視一邊吃飯。）

當然，即便上述已經包含了兩層的副詞子句，我們依然可以在最外層，再放一個副詞子句，來修飾後面一整段句子。意旨之所以「忙碌，就會一邊看電視一邊吃飯」，是因為「可以節約時間」。用這個最外層的副詞子句，來說明這個行動的原因・理由。

這三層的圖示如下：

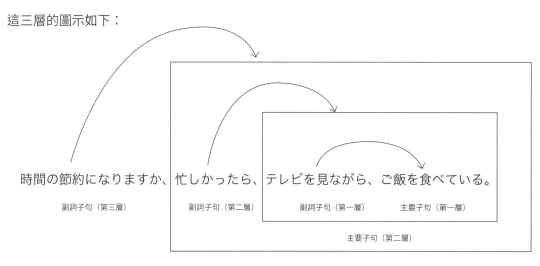

182

以下例句為與上圖相同構造的舉例（部分例句為兩層構造，部分例句為三層構造）：

・　　　　　　　　　　　　　　　　　　　　　　　　学校へ行った。

→　　　　　　　　　　　　　　　　　パジャマを着て、学校へ行った。

→ 制服を洗濯してしまったから、パジャマを着て、学校へ行った。

　（因為我＜不小心＞把制服拿去洗了，所以穿著睡衣去學校。）

・　　　　　　　　　　　　　　大学に通っています。

→　　　　　　　　　働きながら、大学に通っています。

→ お金がないので、働きながら、大学に通っています。　（因為我沒有錢，所以一邊工作一邊上大學。）

・　　　　　　　　　　　　　　　　　　　　　　やらなければなりません。

→　　　　　　　　　　　　　上司が言ったとおりに、やらなければなりません。

→　　　　　　やりたくなくても、上司が言ったとおりに、やらなければなりません。

→ 仕事ですから、やりたくなくても、上司が言ったとおりに、やらなければなりません。

　（因為這是我的工作，所以即便我不想做，我還是得按照上司說的去做。）

・ 買う。

→ 友人からお金を借りて、買う。

→ 新しいスマホが出たら、友人からお金を借りて、買う。

→ あの人はお金がなくても、新しいスマホが出たら、友人からお金を借りて、買う。

（那個人就算沒有錢，他還是只要一出新手機，就會跟朋友借錢來買。）

　　無論是「由左向右擴張」的形式，還是「由右向左擴張」的形式，主要子句一定是在最右邊，而副詞子句則會依序出現在左邊。因此只要看到類似第十八課所介紹的，以接續表現（如：「～たら、～時、～けど…」等）形式所連接的從屬子句，即可斷定此為副詞子句。在閱讀上，也是按照順序由右至左的順序理解即可，因此對於台灣的學習者而言，副詞子句的句子在解讀上相對容易。

請仿造上述的圖示，畫出下列句子的層層修飾結構。（提示：皆為「由左向右擴張」的形式）

---

① 今すぐタクシーに乗れば、間に合うかもしれないから、　タクシーで行こう。

② 何もしないで、家でごろごろしていたら、　太りますよ。

③ テレビを見ながら、食事をしていた時、地震が起こったが、１分ほどでおさまった。

④ 自分で作った曲を聴きながら、ソファーでうとうとしていると、急に寒くなったので、冷房を切りましたが、
　体はなかなか暖まらなかった。

💬 解答：

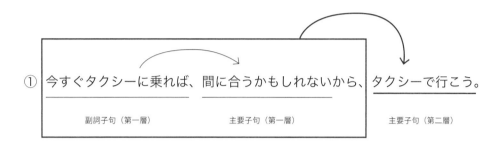

翻譯：（現在馬上搭上計程車，搞不好還來得及，搭計程車去吧。）

翻譯：（什麼都不做，在家裡閒著沒事，會變胖喔。）

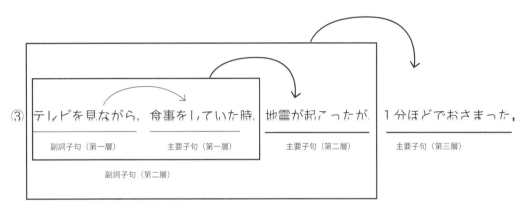

③ テレビを見ながら、食事をしていた時、地震が起こったが、1分ほどでおさまった。

副詞子句（第一層）　　主要子句（第一層）　　主要子句（第二層）　　主要子句（第三層）

副詞子句（第二層）

副詞子句（第三層）

翻譯：（一邊看電視一邊吃飯時發生了地震，但一分鐘就停了。）

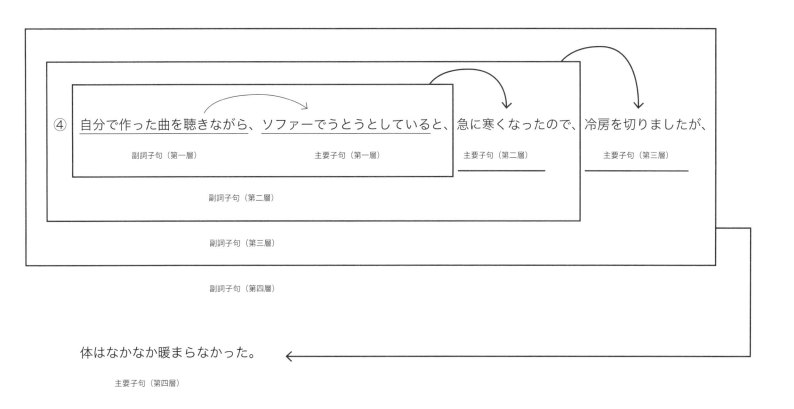

④ 自分で作った曲を聴きながら、ソファーでうとうとしていると、急に寒くなったので、冷房を切りましたが、

副詞子句（第一層）　　主要子句（第一層）　　主要子句（第二層）　　主要子句（第三層）

副詞子句（第二層）

副詞子句（第三層）

副詞子句（第四層）

体はなかなか暖まらなかった。

主要子句（第四層）

翻譯：（聽著自己作的曲子，在沙發上打盹，就突然感到寒意，因此關掉了冷氣，但身體還是一直暖和不起來。）

結構較為複雜的複句

complex
sentence

第二十一課 副詞子句＋形容詞子句

我們在第十課中學習到，形容詞子句內，可以再包含另一個形容詞子句；也在第十六課學習到，名詞子句內，也可以再包含另一個名詞子句；上一課（第二十課）則是學習到副詞子句內，一樣可以包含另一個副詞子句。除了上述相同種類的子句可以互相內外夾包以外，「形容詞子句」、「名詞子句」與「副詞子句」這三種不同種類的從屬子句，亦可以互相內外相包。接下來的三課，就是不同子句互相包含的例句。① 為「形容詞子句中的副詞子句」（形容詞子句內包一個副詞子句）。② 則為「副詞子句中的形容詞子句」（副詞子句內包一個形容詞子句）。

① 形容詞子句中的副詞子句（※ 註：下例中，畫底線部分為形容詞子句、框框部分的名詞為被修飾的名詞。粗體部分則為內包在形容詞子句中的副詞子句。）

・（**目的を達成するために**、一生懸命頑張る）人 が大好きです。 （我最喜歡為了達到目的而拼死拼活／努力的人。）

副詞子句　　　　　　　　　　　　　　　被修飾名詞

形容詞子句

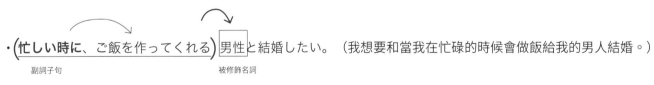

・（**忙しい時に**、ご飯を作ってくれる）男性 と結婚したい。 （我想要和當我在忙碌的時候會做飯給我的男人結婚。）

副詞子句　　　　　　　　　　被修飾名詞

形容詞子句

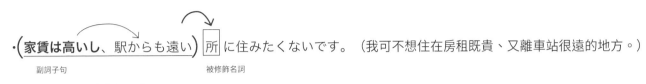

・(**家賃は高いし、**駅からも遠い)所 に住みたくないです。　（我可不想住在房租既貴、又離車站很遠的地方。）

副詞子句　　　　　　　　　　　　　被修飾名詞

形容詞子句

・(**駅へ行かなくても、**新幹線の予約ができる)アプリ の名前を知っていますか。

副詞子句　　　　　　　　　　　　　被修飾名詞

形容詞子句

（你知道那個不用去車站也可以預訂新幹線車票的 APP 的名字嗎？）

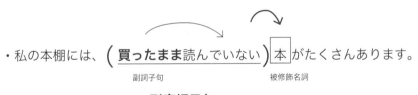

・私の本棚には、(**買ったまま**読んでいない)本 がたくさんあります。

副詞子句　　　　　被修飾名詞

形容詞子句

（我的書架上，有很多買了就丟在那裡沒讀的書。）

② **副詞子句中的形容詞子句** （※ 註：下例中，畫底線部分為形容詞子句、框框部分的名詞為被修飾的名詞。粗體部分則為整個句子的副詞子句。）

・昨日（父に買ってもらった）かばんを学校へ持っていったが、先生に没収された。

（昨天我把爸爸買給我的包包帶去學校，結果被老師沒收了。）

・兄はよく（海が見える）公園で運動しているので、その近くに家を買いました。

（哥哥總是在可以清楚看得見海的公園運動，所以他買了那附近的房子。）

・（新しくできた）大阪支店へ行けば、（そこでしか売ってない）限定グッズが買えますよ。

（如果你去剛開幕的大阪支店，就可以買到只有那裡才有賣的限定商品喔。）

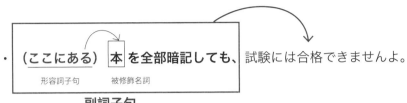

（就算你把這裡全部的書都死背起來，考試也不會合格喔。）

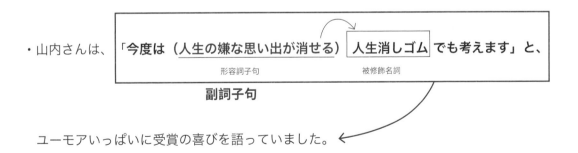

ユーモアいっぱいに受賞の喜びを語っていました。

（山內先生以幽默的態度述說著得獎的喜悅，說「下次要研發能夠消除人生不快樂回憶的人生橡皮擦」。）

（＊註：引用自『テーマ別 上級で学ぶ日本語 教師用マニュアル 改訂版』研究社 p.66）

📄 隨堂練習：

請仿造上述例句，畫出下列句子的修飾結構。

---

① 社長になるためなら手段を選ばない人が、大嫌いです。

② 先週先生が教えた部分を復習してから、来週の部分を予習します。

💬 解答：

① （社長になるためなら手段を選ばない）人が、大嫌いです。

　　　　副詞子句　　　　　　　　　　　　被修飾名詞

　　　　　　　形容詞子句

② 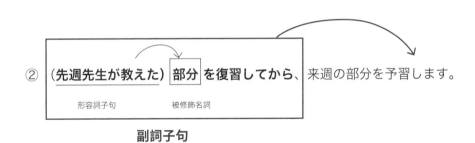（先週先生が教えた）部分を復習してから、来週の部分を予習します。

　　　　　　形容詞子句　　　　被修飾名詞

　　　　　　　副詞子句

第二十二課 副詞子句＋名詞子句

　　本課延續前兩課的混搭形式，為各位介紹：①「名詞子句中的形容詞子句」（名詞子句內包一個形容詞子句）。②「形容詞子句中的名詞子句」（形容詞子句內包一個名詞子句）。

① 名詞子句中的副詞子句 (※ 註：下例中，畫底線部分為名詞子句、框框部分為附加於名詞子句後的助詞。粗體部分則為內包在名詞子句中的副詞子句。)

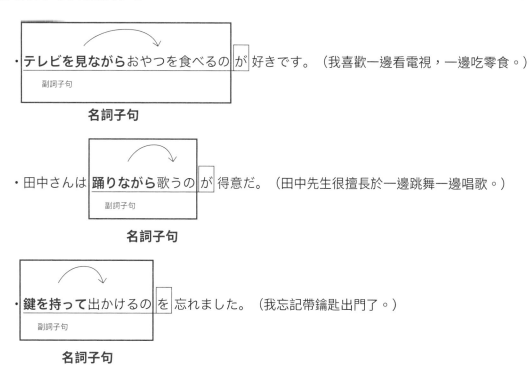

・**テレビを見ながら**おやつを食べるの が 好きです。（我喜歡一邊看電視，一邊吃零食。）

副詞子句

名詞子句

・田中さんは **踊りながら**歌うの が 得意だ。（田中先生很擅長於一邊跳舞一邊唱歌。）

副詞子句

名詞子句

・**鍵を持って**出かけるの を 忘れました。（我忘記帶鑰匙出門了。）

副詞子句

名詞子句

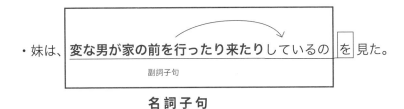

・妹は、**変な男が家の前を行ったり来たりしているの** を 見た。

名詞子句

（妹妹看到一個怪異男子在家門前走來走去。）

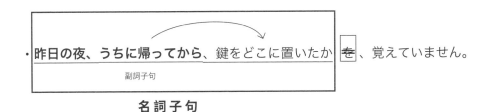

・**昨日の夜、うちに帰ってから、**鍵をどこに置いたか を 、覚えていません。

名詞子句

（我不記得昨天晚上回家之後，把鑰匙放到哪兒去了。）

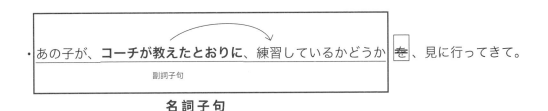

・あの子が、**コーチが教えたとおりに、**練習しているかどうか を 、見に行ってきて。

名詞子句

（你去看看那個孩子有沒有按照教練教的＜方式＞在練習。）

② 副詞子句中的名詞子句 （※ 註：下例中，畫底線部分為名詞子句、框框部分為附加於名詞子句後的助詞。粗體部分則為整個子句的副詞子句。）

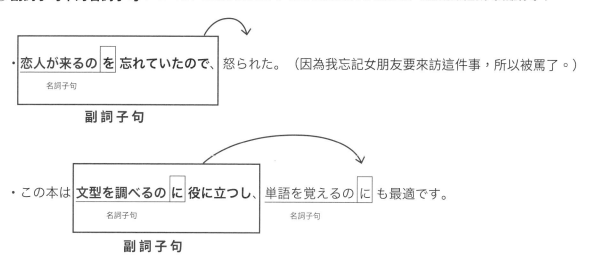

・恋人が来るの を 忘れていたので、怒られた。 （因為我忘記女朋友要來訪這件事，所以被罵了。）

名詞子句

副詞子句

・この本は 文型を調べるの に 役に立つし、単語を覚えるの に も最適です。

名詞子句　　　　　　　　　　　名詞子句

副詞子句

（這本書用來查句型很派得上用場，而且拿來背單字也很合適。）

・私は ピアノを弾くの が 好きですが、最近忙しくて弾く時間がありません。

名詞子句

副詞子句

（我喜歡彈鋼琴，但最近因為很忙，沒時間彈。）

・**自分の息子がスピーチ大会で優勝したの を 知っていたら、** きっと父は喜んでくれるだろう。

名詞子句

副詞子句

（爸爸如果知道自己的兒子在演講比賽中獲得優勝，一定會很開心的吧。）

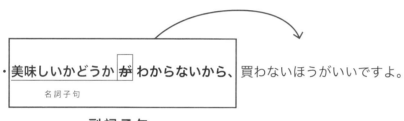

・**美味しいかどうか が わからないから、** 買わないほうがいいですよ。

名詞子句

副詞子句

（因為不知道這好不好吃，所以最好不要買喔。）

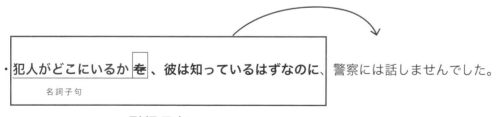

・**犯人がどこにいるか を 、彼は知っているはずなのに、** 警察には話しませんでした。

名詞子句

副詞子句

（他應該知道犯人在哪裡，但他卻不告訴警方。）

📄 隨堂練習：

請仿造上述例句，畫出下列句子的修飾結構。

___

① あの新人社員が、部長の言うとおりにやっているかどうか見てきて。

② 私はテレビを見るのが好きですが、今は仕事が大変で見ることができません。

💬 解答：

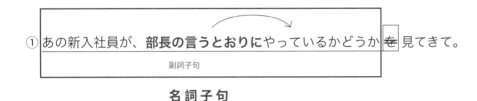

①あの新入社員が、**部長の言うとおりにやっているかどうか**を 見てきて。

副詞子句

名詞子句

（你去看看那個新進員工有沒有按照部長說的在做。）

②私は テレビを見るの が 好きですが、今は仕事が大変で見ることができません。

名詞子句

副詞子句

（我喜歡看電視，但最近工作很忙，所以沒辦法看。）

第二十三課 形容詞子句＋名詞子句

本課延續上一課的混搭形式，為各位介紹：①「名詞子句中的副詞子句」（名詞子句內包一個副詞子句）。②「副詞子句中的名詞子句」（副詞子句內包一個名詞子句）。

① 名詞子句中的形容詞子句

（※ 註：下例中，畫底線部分為形容詞子句、框框部分的名詞為被修飾的名詞。粗體部分則為整個子句了的名詞子句，紫色網底處部分則為附加於名詞子句後的助詞。）

- **（スミスさんが買った）包丁で管理人さんを殺したの**は、高田さんかもしれない。

（拿著史密斯先生買的菜刀，殺了管理員的人，搞不好是高田先生。）

- **（弟に壊された）ゲーム機を修理するの**に、５万円かかりました。

（為了修理被弟弟弄壞的遊戲機，我花了五萬元。）

・（会社のみんなにあげる）**お土産** は何がいいか ∅、夫に聞いてみます。

（我來問問我老公，看要送給公司同事的伴手禮，什麼東西比較好。）

・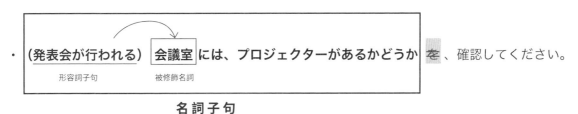（発表会が行われる）**会議室** には、プロジェクターがあるかどうか を、確認してください。

（請去確認一下，要舉辦發表會的會議室裡，有沒有設置投影機。）

② 形容詞子句中的名詞子句

（※ 註：下例中，畫底線部分為形容詞子句、框框部分的名詞為被修飾的名詞。粗體部分則為內包在形容詞子句中的名詞子句，紫色網底字部分則為附加於名詞子句後的助詞。）

· (<u>**花を切るの** に 使う</u>) [はさみ] を 取ってきてください。 （請把那個用來剪花的剪刀拿來給我。）

名詞子句　　　　　　　被修飾名詞

形 容 詞 子 句

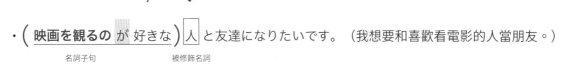

· (<u>あの**文型を調べるの** に 役に立つ</u>) [本] を、貸してもらえますか。 （那本用來查句型很好用的書，能不能借我。）

名詞子句　　　　　　　被修飾名詞

形 容 詞 子 句

· (<u>**映画を観るの** が 好きな</u>) [人] と 友達になりたいです。 （我想要和喜歡看電影的人當朋友。）

名詞子句　　　　　　　被修飾名詞

形 容 詞 子 句

206

・ (見せびらかすの が 大好きな) 人 は嫌われますよ。 （喜歡炫耀的人會被人討厭喔。）

名詞子句　　　　　　　　　被修飾名詞

形容詞子句

・ (電車がいつ来るか を 教えてくれる) このアプリ はとても便利です。

名詞子句　　　　　　　　　被修飾名詞

形容詞子句

（能夠告訴我電車何時到來的 APP，非常方便。）

📄 **隨堂練習：**

請仿造上述例句，畫出下列句子的修飾結構。

---

① 授業 で使う道具を持ってくるのを忘れた。

② この家には、バルコニーがありますから、星を見るのが好きな人にぴったりです。

💬 解答：

① （授業で使う） 道具 を持ってくるの を 忘れた。 （我忘記帶上課要用的道具來了。）

　　形容詞子句　　被修飾名詞

名詞子句

② この家には、バルコニーがありますから、（星を見るの が 好きな）人 にぴったりです。

　　　　　　　　　　　　　　　　　　　　　　　名詞子句　　　　　　被修飾名詞

形容詞子句

（這個房子有陽台，非常適合喜歡觀星的人。）

第二十四課 分析結構更為複雜的句子

前三課，分析了兩種子句混搭的句子，接下來本課則是要帶領各位同學，試著分析六句結構較複雜、含有三層以上的從屬子句結構的例句。同學們不妨可以自己先試試看，再來看解答。

第①句・お金が無くても結婚してくれる相手を探しているんですが、紹介してください。

第②句・カタカナの言葉は僕みたいな外国人には簡単だと思っている人がいるが、とんでもない。

（※註：引用自『みんなの日本語中級 I 本冊』スリーエーネットワーク P26）

第③句・「時間が止まって欲しいと思う瞬間はどんな時ですか」と、ある時計の会社が、

二十歳の男性と女性516人に「時」の意識についてアンケート調査をしました。

（※註：引用自『みんなの日本語中級 I 本冊』スリーエーネットワーク P40）

第④句・20 代の人とかが、「Facebook は 40 歳以上の人ばっかりだけど、

　　　意思決定者だったりエラい人も多いから、

　　　むしろ目立てるチャンス」というので、Facebook で投稿をしてたりして、年長者と絡んで

　　　仲良くなったりしてるのは、頭いいなあ、と思いました。（※註：引用自 Twitter）

第⑤句・政府が新型コロナウイルスの感染拡大に伴い発令している緊急事態宣言について、

　　　2 月 7 日までの期限を延長する方向で調整に入ったことが分かった、

　　　と産経新聞が 29 日付け電子版で報じた。（※註：引用自 (c)2021 Bloomberg L.P.）

第⑥句・今定年を前にして、学生諸君に何か書き残すことがあるとすれば、それは言語に限らず、

　　　いかなる分野であれ、学生時代の時に抱いた疑問をたとえそれがどれほど素朴なものであっても、

　　　簡単に捨てることをしないで、あるいはその疑問へのもっともらしいしかし真の説明とはなっていない

　　　説明に安易に納得することなく、自分の頭で考え、執拗にそれを解くよう、努めることが何よりも

　　　重要であるということであろう。（※註：引用自「外大ニュース」）

第①句

句子：お金が無くても結婚してくれる相手を探しているんですが、紹介してください。

翻譯：我在找尋即便我沒錢也願意嫁給我的對象，請你介紹給我。

解析：

第①句比較簡單。此句子的核心為「紹介してください」，而前方的「～が」則為副詞子句（嚴格來說是「對等子句」）。

・お金が無くても結婚してくれる相手を探しているんですが、紹介してください。
　　　　　　　　　　　副詞子句　　　　　　　　　　　　　　　　　主要子句（核心）

接下來我們再來進一步分析上述副詞子句內的構造。「～んですが」雖然是形式名詞「の」加上「ですが」的表現，但為了免去過度分析所造成的閱讀困擾，本書一慣的立場，就是將這些文末表現直接當作是附屬於句子後方的附屬表現。因此這句副詞子句的核心就是「探している」。

・お金が無くても結婚してくれる相手を 探している んですが、…

「探す」為「～が　～を　探す」句型構造的 2 項動詞，需要有「主語」以及找尋的「對象」兩個必須補語（車廂），且句中看似無其他的副次補語，因此就可以畫出這個部分的結構為「私は　相手を　探している」。只不過主語省略沒講罷了：

・（私は）　お金が無くても　結婚してくれる相手を　探しているんですが、…

　　繼續往前分析，車廂「相手を」前面為常體句，因此可判斷出這就是修飾名詞「相手」的形容詞子句的尾巴，因此可以在此打上右括弧「）」。

・（私は）　お金が無くても　結婚してくれる）相手を　探しているんですが、…

　　此形容詞子句部分的核心「結婚してくれる」，雖然是需要兩個必須補語，以「～が　～と　結婚する」句型呈現的２項動詞（相手が　私と　結婚してくれる），但我們可以從「～てくれる」補助動詞部分得知，結婚的對象就是「我」，因此省略了「と」的部分不講。至於「相手が」部分已經後移至句子後方，當作是被修飾的名詞（内の関係），因此「結婚してくれる」的前方在這句話中已經找不到任何必須補語了。

　　反倒是這個形容詞子句的前方
　　還有個副詞子句「お金がなくても」用來修飾「結婚してくれる」。而我們也知道，副詞子句的位階就等同於車廂（第十八課補充部分有說明），因此可以就將「お金がなくても」也劃入形容詞子句的部分，打上左括弧「（」後，再標示出它為副詞子句。

・（私は）　（お金が無くても　結婚してくれる）相手を　探しているんですが、…

　　　　　副詞子句

再將上述套入原本的句子當中，我們就可以得到這是一個副詞子句當中，包含了一個形容詞子句，而形容詞子句再內包一個副詞子句的結構：

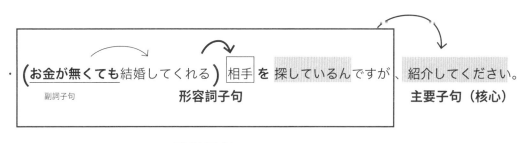

・（お金が無くても結婚してくれる）相手を 探しているんですが、紹介してください。

　　副詞子句　　　　　　　形容詞子句　　　　　　　　　　　　　主要子句（核心）

副 詞 子 句

第②句

句子：カタカナの言葉は僕みたいな外国人には簡単だと思っている人がいるが、とんでもない。

翻譯：有人認為用片假名寫的＜外來語＞對我們外國人而言很簡單，才怪呢！

解析：

第②句跟第一句的構造有點像，核心部分為「とんでもない」（沒這回事）為形容詞，而且屬於說話著對於自身感覺的口氣詞，因此前面本來就沒有其他必須補語，算是０項形容詞。而且前方的「〜が」雖然為副詞子句（對等子句），但由於真正的核心「とんでもない」過於簡單，因此我們真正需要看懂的部分，是副詞子句「カタカナの言葉は僕みたいな外国人には簡単だと思っている人がいる」的部分，因此直接分析這個部分就好。

此部分的核心是動詞「いる」。「いる」這個動詞，依照它所要表達的語意，它可以是２項動詞「〜に　〜が　いる」（表達存在場所），亦可以是只講出某人的存在，也就是１項動詞「〜が　いる」（「神様がいます」之類）。由於句中似乎沒有表達存在場所的「に」，因此這裡的「いる」為１項動詞的用法：

・カタカナの言葉は僕みたいな外国人には簡単だと思っている 人 が　いる。

補語「人が」的前方為常體句，也就是形容詞子句的尾巴，故可以先打上右括弧「）」。

・カタカナの言葉は僕みたいな外国人には簡単だと思っている）人 が　いる。

　　接下來分析此形容詞子句的部分。核心為「思っている」。動詞「思う」若是動詞原形的型態，則多半表達說話者「想」。但若用成「思っている」的型態，除了可以表達說話者「想」，亦可表達第三人稱「想」。這裡我們已經可以透過形容詞子句的「内の関係」⇒思っている人，得知這裡是第三人稱「想」（〜人が　思っている）。

　　至於動詞「思う」，則是需要兩個必須補語的2項動詞（〜人が　〜と　思っている）。而本書採取的立場，就是將引用節「〜と」也看成是副詞子句（第十八課補充部分），因此可以將副詞子句「〜と」的部分，也畫出來。

・カタカナの言葉は僕みたいな外国人には簡単だと　思っている）人 が いる。
　　　　副詞子句

　　上面這個副詞子句部分的核心為「簡単だ」，為2項形容詞「〜が　〜に　簡単だ」，且「僕みたいな」的部分用來修飾名詞「外国人」，因此很容易就可以確定這個由「〜と」所引導的副詞子句的範圍，就是「カタカナの言葉は（が）〜外国人に　簡単だ」。

確定了「～と」所引導的副詞子句的範圍後，因為前面已經沒有東西了，所以可以把形容詞子句的左括弧「（」給打上：

・（カタカナの言葉⒂僕みたいな外国人⒤は簡単だ**と** 思っている）人**が** いる。

再將上述套入原本的句子當中，我們就可以得到這是一個副詞子句當中，包含了一個形容詞子句，而形容詞子句再內包一個副詞子句的結構：

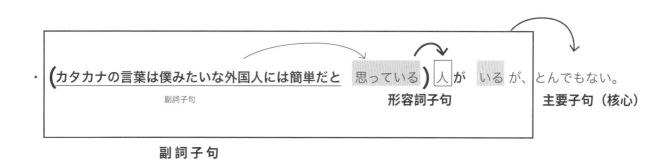

　　　主要子句（核心）

第③句

句子：「時間が止まって欲しいと思う瞬間はどんな時ですか」と、ある時計の会社が、

　　　二十歳の男性と女性 516 人に「時」の意識についてアンケート調査をしました。

翻譯：某間鐘錶公司針對二十歲的男女 516 人，做了個關於時間意識的問卷調查，

　　　內容問道「會讓你希望時間停止的瞬間，是怎樣的時刻呢」？

解析：

　　這一句話的核心為「しました」。動詞「する」的語意以及用法很多，因此它除了最典型的「～が　～を　する」２項動詞用法以外，亦有「～が　～を　～に　する」３項動詞的用法。而我們從最後的「調査を　しました」部分，大約就可以判斷出這個句型可能會有調查的動作者「が」，調查對象「～に」、調查的內容「～と」，調查的類別「～について」等補語成分（可不理會是必須補語還是副次補語）。因此我們很容易就可以抓出這一句話的骨骼（主要子句）為：

「会社が　人に　～と　意識について　調査を　した」

・ 「時間が止まって欲しいと思う瞬間はどんな時ですか」と、ある時計の 会社 が、

　　　　　　　　　　　副詞子句

　　　二十歳の 男性と女性 516 人 に 「時」の 意識 について、アンケート 調査 を しました。

　　主要子句部分明瞭後，再來分析以「～と」引導的副詞子句（引用節）的部分即可。

・時間が止まって欲しいと思う瞬間はどんな時ですか。

　這句副詞子句（引用節）的部分，其核心為「～時ですか」，以名詞結尾，因此我們可以得知這是名詞述語句。根據第三課所學習到的句型表格，名詞述語句最單純了，因此看到「名詞です」結尾，直接去找「～が（は）」，即可畫出它的結構：

・時間が止まって欲しいと思う 瞬間 はどんな 時ですか。

　這個句子主語部分，為名詞「瞬間」，前面的常體句自然就是形容詞子句。因此可直接打上右括弧「）」。

・<u>時間が止まって欲しいと思う</u>）瞬間 はどんな 時ですか。
　　　　副詞子句

　形容詞子句內的核心「思う」前面又有個以「～と」引導的副詞子句（引用節）。就語意上來看「時間が」這個車廂，是屬於子句內「止まって欲しい」的補語，並非「思う」的補語，因為「時間」本身不會做「想」這個動作（✕ 時間が思う），因此必須將「時間が」劃入這個以「～と」引導的副詞子句內。

接下來，因為「時間が」的前面已經沒有東西了，所以就可以把形容詞子句的左括弧「（」給打上：

・（時間が止まって欲しいと思う）瞬間はどんな時ですか。

再將上面這個副詞子句套入原本的句子當中，我們就可以得到這是一個副詞子句當中，包含了一個形容詞子句，而形容詞子句再內包一個副詞子句的結構：

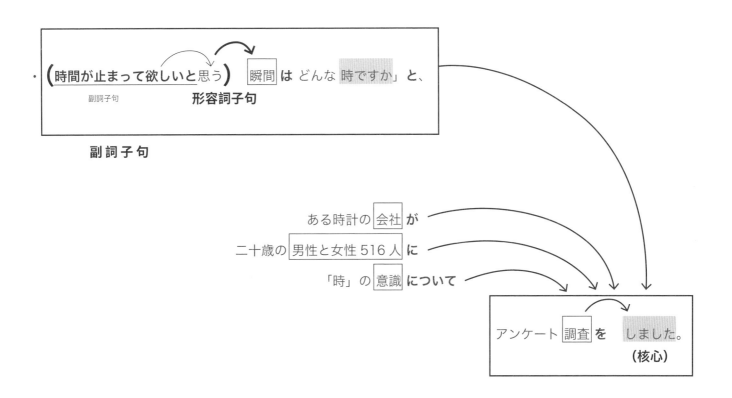

・（時間が止まって欲しいと思う）　瞬間 は どんな 時ですか」と、

副詞子句　　　　　形容詞子句

副詞子句

ある時計の 会社 が

二十歳の 男性と女性516人 に

「時」の 意識 について

アンケート 調査 を しました。

（核心）

第④句

句子：20代の人とかが、「Facebookは40歳以上の人ばっかりだけど、意思決定者だったりエラい人も多いから、
むしろ目立てるチャンス」というので、Facebookで投稿をしてたりして、年長者と絡んで仲良くなったり
してるのは、頭いいなあ、と思いました。

翻譯：20幾歲的小伙子這麼說：「臉書，雖然都是40歲以上的人在用，但因為很多都是有決策權的人，
或者位高權重的人，因此反倒是可以出頭的機會。」因此我覺得這小伙子在臉書上發文，或者和長輩當朋友
＜的舉動＞，真的很聰明）

解析：

　　接下來要看的這個例句，屬於較通俗、較無經過思考組織的推文（引用自推特）。就某些對語言較為嚴謹的日本人（如敝社總編輯）會感到文章紊亂。但即便是這樣的句子，依然能試著使用架構分析來拆解，試圖掌握推文者的意圖。因此編輯小組仍決定將這樣的句子放入本書當中。

　　看到這句話的核心「思いました」，又看到前方「〜と」，就知道這又是一個以「〜と」所引導的副詞子句。而主要子句的核心「思いました」，這個動詞若不是以「〜ている」的型態出現，它就一定是說話者所「想」的內容。因此就可立即判斷出主要子句的骨骼架構為「私は（が）　〜と　思いました」。整句話裡面，雖然找不到「私は（が）」的部分，但它就只是省略而已。而整句話我們需要瞭解的部分為「〜と」的部分，因此就直接分析「〜と」所引導的副詞子句部分即可。

　　・20代の人とかが、「Facebookは40歳以上の人ばっかりだけど、意思決定者だったりエラい人も多いから、
　　むしろ目立てるチャンス」というので、

　　| Facebookで投稿をしてたりして、年長者と絡んで仲良くなったりしてるの |は、頭（が）いいなあ。
　　　　　　　　　　名詞子句

在第十六課的結語部分曾經說過，看到「～のは」，又看到後面為形容詞述語結尾，就可以知道這屬於名詞子句的結構。而上面的述語部分，是以非常口語的方式表達，省略了格助詞「が」，但我們依然可以依照自己擁有的文法知識，來判斷出這個部分的結構為「～（の）は　頭**が**　いいです」。

至於名詞子句的範圍，我們可以從「～たり（して）、～たりしている」這個內包的副詞子句（對等子句）結構，來確定「投稿してたりして」與「仲良くなったりしている」是屬於對等的關係，因此這屬於名詞子句內包了一個副詞子句（對等子句）的結構。

・|Facebook で投稿をしてたり**して**　　　年長者と絡んで仲良くなったり**してる**|

「～ので」是用來表原因・理由的副詞子句，若暫時先將前面這長串表示理由的副詞子句遮住不看的話，我們就可以知道這一整句話的結構為：

・私**は**　～のは　頭が　いいなあと　思いました。（我覺得＜做＞這件事情，很聰明。）

因此到目前為止，我們就可以知道，說話者想表達的，就是「我覺得在臉書上 PO 文，或和長輩交流當好朋友這件事情，很聰明」。

・私は 　Facebook で投稿をしてたりして、年長者と絡んで仲良くなったりしてるの 　は 　頭が 　いいなあと

思いました。

也就是形成了主要子句的內部，有一個副詞子句，而這個副詞子句還內包了一層名詞子句，名詞子句內，又有副詞子句的結構：

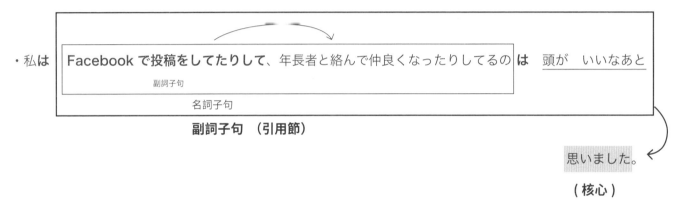

而其實，這句話的前方還有一個表達原因・理由的副詞子句「〜ので」，所以這句話真正的結構應該如下：

・〜ので、 　私は 　Facebook で投稿をしてたりして、年長者と絡んで仲良くなったりしてるの は

副詞子句

頭が 　いいなあと 　思いました。

接下來，我們再來分析表原因・理由部分的副詞子句，來看看「說話者之所以認為這樣做是很聰明」的理由。

・20 代の人とか**が**、「Facebook は 40 歳以上の人ばっかりだけど、意思決定者だったりエラい人も多いから、むしろ目立てるチャンス」**と**いう。

這句表原因・理由的副詞子句，架構為：「人が　～と　言う」。意思是「20 歲左右的小伙子這麼說」。

接下來繼續分析這小伙子說的內容：

・Facebook **は** 40 歳以上の人ばっかりだけど、意思決定者だったりエラい人も多いから、

むしろ目立てる チャンス（だ）。
（臉書，雖然都是 40 歲以上的人在用，但因為很多都是有決策權的人，或者位高權重的人，因此反倒是可以出頭的機會。）

架構為：「Facebook **は**　チャンスだ」。

若將其套入剛才的主要子句，我們就可得知：

・20 代の人が　～というので、　私**は**　～**のは**　頭がいいなあ**と**　思いました。

這句話想表達的是「因為 20 歲的小伙子這麼說，因此我覺得這小伙子做這件事情，真的很聰明」。

20 代の人とか (が) 「Facebook は 40 歳以上の人ばっかりだけど、意思決定者だったりエラい人も多いから、むしろ目立てるチャンス」(と) いうので、

副詞子句

副詞子句（原因・理由節） 修飾後方主要子句

私は Facebook で投稿をしてたりして、年長者と絡んで仲良くなったりしてるの は、頭がいいなあと   思いました。

副詞子句

名詞子句

（核心）

副詞子句（引用節）

第⑤句

句子：政府が新型コロナウイルスの感染拡大に伴い発令している緊急事態宣言について、２月７日までの期限を延長する方向で調整に入ったことが分かったと産経新聞が２９日付け電子版で報じた。

翻譯：產經新聞在 29 號的電子報中報導：政府因伴隨武漢肺炎疫情感染擴大而發佈的緊急事態宣言，原訂於 2 月 7 日結束，但目前 < 政府已開始著手 > 進行將其延長的事宜。）

解析：

　　這個句子的核心為「報じた」，從語意上可以推測出其前面可能的補語架構為「〜が　〜を　〜と　報じる」。此一動詞需要有報導的主體「〜が」、需要有報導的內容「〜と」、或者報導的對象「〜を」。依序從句尾往前尋找其補語，我們還可以找到另一個副次補語「２９日付け電子版で」，但似乎沒有報導的對象「〜を」。因此我們目前可以得知主要子句的架構為：

・<u>〜と</u>　産経新聞が　２９日付け電子版で　報じた。（產經新聞在電子報中報導了這則新聞。）

而真正需要看懂的部分，則是以「〜と」所引導的副詞子句，「〜と」的前方，即報導的內容。

・政府が新型コロナウイルスの感染拡大に伴い発令している緊急事態宣言について、

　２月７日までの期限を延長する方向で調整に入った）　こと　が　分かった。

接下來單獨分析副詞子句的部分。這個副詞子句的核心為「分かった」，看到這裡，同學應該會有一股似曾相似的感覺。對的，它就跟我們第十二課所學習的第②個例句是一樣的。當初第十二課的那一句話，其骨骼為：「～ことが 調查で分かった」，而這裡的這一句話則是沒有副次補語「～調查で」。而「ことが」的前方，正是一個形容詞子句的形式。

繼續往前分析修飾「こと」前方的形容詞子句：

「調整に入った（進入調整階段）」在語意上為一個完整的片語，就分析簡略化的原則，我們可以將其整個都視為是這個形容詞子句的核心部分，再依序往前去找出修飾這個核心的補語即可。其骨骼為：「政府が 緊急事態宣言について方向で 調整に入った」（政府就緊急事態宣言一事，將往…的方向做調整）。

・政府が（政府が新型コロナウイルスの感染拡大に伴い発令している）緊急事態宣言について、

副詞子句

（２月７日までの期限を延長する）方向で 調整に入った。

在分析「緊急事態宣言」前方的形容詞子句時，我們可以發現其內部還包含了一個以連用中止形的副詞子句「～感染拡大に伴い」，來修飾動詞「発令している」，構成了形容詞子句內包了一個副詞子句的構造。

此外，最前方的「政府が」語意上有可能是修飾動詞「発令している」的車廂，也有可能是修飾「調整に入った」的車廂。因此我們可以得知，「政府が」這個車廂補語，應該同時存在於形容詞子句內，以及形容詞子句外。只不過兩個成分重複時，往往後面那一個不會講出來，因此將其刪除。

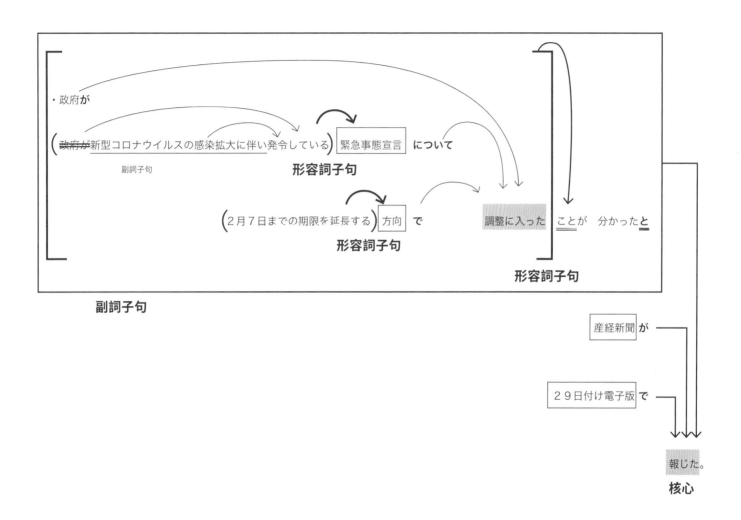

・政府が

（政府が新型コロナウイルスの感染拡大に伴い発令している）緊急事態宣言について

副詞子句

形容詞子句

（２月７日までの期限を延長する）方向で

形容詞子句

調整に入った ことが 分かったと

形容詞子句

副詞子句

産経新聞が

２９日付け電子版で

報じた。

核心

229

第⑥句

句子：今定年を前にして、学生諸君に何か書き残すことがあるとすれば、それは言語に限らず、
　　　いかなる分野であれ、学生時代の時に抱いた疑問をたとえそれがどれほど素朴なものであっても、
　　　簡単に捨てることをしないで、あるいはその疑問へのもっともらしいしかし真の説明とはなっていない
　　　説明に安易に納得することなく、自分の頭で考え、執拗にそれを解くよう、努めることが何よりも
　　　重要であるということであろう。

翻譯：我現在正即將退休，如果說有什麼話是可以寫下來留給各位同學們的，那就是下述這件事了吧：
　　　不僅限於語言的領域，在各式各樣的領域裡，你在學生時代所遭遇到的問題，即便那個問題是多麼地單純，
　　　也不要輕易將此問題給拋棄，同時（或者）也不要對於那個疑問的說明，輕易去接受信服，
　　　雖然那個說明看起來很像頗有道理，但卻不是真正答案。你應該努力自己動動腦，努力自己解開。
　　　這件事是比起任何事情都還要來得重要的。

解析：

　　這一句話，看到句尾為「～ことであろう（ことだ）」，就知道這是「名詞述語句」。因此只要去找主語「は」的部分即可。

・～ば、　　それは＿＿＿＿＿＿＿～という ことであろう 。

　　「～ば」的部分為副詞子句，「～と」所引導的部分亦為副詞子句，因此我們可以得知這句話的基本結構「～は　～です」
（名詞述語句），裡面包含了以「～と」引導的副詞子句，且主要子句的前方有講述條件的「～ば」。

主要子句的結構為：「Xば、それは　Yということであろう」，意思是「如果X的話，那也就是Y了吧」。

再詳細看Y的部分，為「（Z）ことが　何より　重要である」。到目前為止，我們就可以得知，這一句話想要表達的大概樣貌就是：「現在我正面臨退休之際，如果有什麼話語是可以留給各位的，那也就是Z這件事，是最重要的事了吧」。

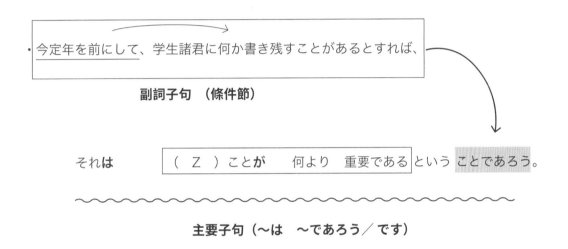

・今定年を前にして、学生諸君に何か書き残すことがあるとすれば、

副詞子句　（條件節）

それは　　　（　Z　）ことが　　何より　重要である という ことであろう。

主要子句（〜は　〜であろう／です）

這句話非常特殊，僅用了一句基本骨骼架構為「〜は　〜です」的名詞述語句，就將說話者想表達的內容全部放了進去。而說話者真正想表達的內容，全部統整到了Z部分。若以文字敘述的方式來講解Z部分，將會非常冗長、且非常混亂。因此這一句話我們僅畫出結構圖，請同學依目前所學，自己試著理解看看。各個子句的述語部分，會秉持「分析簡略化」的原則將其簡單化，相信從頭仔細研讀到這邊的您，一定可理解下圖的分析。

・今定年を前にして、学生諸君に何か書き残すことがあるとすれば、

それは　　　（　Z　）ことが　　何より　重要である　という　ことであろう。

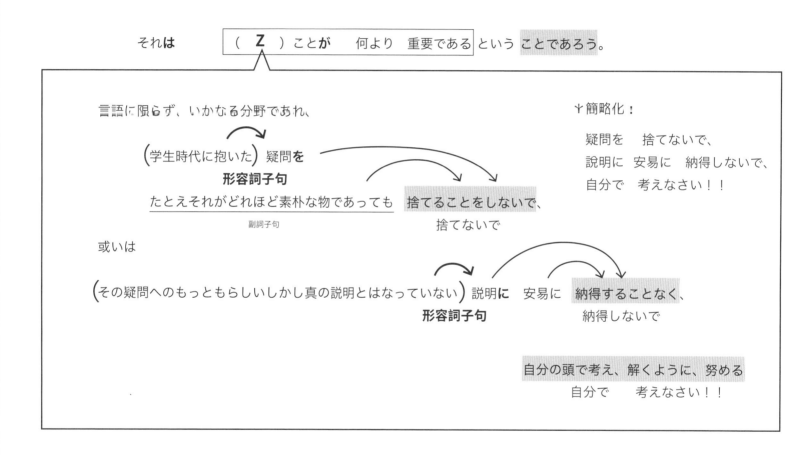

言語に限らず、いかなる分野であれ、

（学生時代に抱いた）疑問を
　　　　形容詞子句
たとえそれがどれほど素朴な物であっても　捨てることをしないで、
　　　　　　　副詞子句　　　　　　　　　　　　捨てないで

或いは

（その疑問へのもっともらしいしかし真の説明とはなっていない）説明に　安易に　納得することなく、
　　　　　　　　　　　　　　　　　　　　　形容詞子句　　　　　　　　　　　納得しないで

自分の頭で考え、解くように、努める
　　　　　自分で　　考えなさい！！

↙簡略化：

疑問を　捨てないで、
説明に　安易に　納得しないで、
自分で　考えなさい！！

結語：

　　長達 24 課的長句解析，就到此告一段落了。感謝同學不離不棄，一路讀到這裡。相信現在各位同學一定對於日文句子的構造，有了更進一步的認識。

　　句子構造的分析，目的在於化繁為簡，讓你更容易了解句子的意思。它就跟學習「～て」形變化的規則一樣，只是個過渡時期的工具，但這個工具卻非常重要。沒有學習「～て」形的變化規則，你就無法做出正確的動詞變化。沒有學習句子的分析，即便每個單字都懂、每個文法都學過，你還是無法讀懂長句的真正意思。但如果一個句子，在你做分析之前，你就已經可以理解其意思了，那請你不要再浪費時間去分析它，因為你已經達到你想要的目的（看懂意思）了，自然就不需要再多走冤枉路（分析句子）、浪費時間。更何況，真正考試時，你也沒有時間將文章中的所有句子都逐一分析。不過，如果你在考試當下遇到了一個單字都懂、句型也都學過，但就是怎麼看都看不懂的句子時，那麼，本書所教導的句子分析技巧就顯得格外重要。遇到這種怎麼看都看不懂的句子時，請你試著用本書所學到的方法去分析，相信你一定會對於句子能有更深一層的掌握。

　　另外，本書也重複說了很多次：分析句子的目的是為了看懂句子。分析時最忌諱過度分析，即便採取較不嚴謹的態度來分析也並無大礙。例如本課中的「～というので」，我們就直接將它看成是一個副詞子句的接續表現即可；「～のですが」也不需再去細分前面的形容詞子句修飾形式名詞的部分，直接從前面的述語著手分析就好。此外，即便你的分析不是很精準，稍有錯誤也沒有關係，只要你可以看懂意思，句子的結構稍微看錯其實沒那麼嚴重。本課的第⑥個句子就是最好的例子。由於這一句的內部結構過於複雜，因此分析時，也是採取「簡化」的方式。像是上面就將「捨てることをしないで」直接看成較簡單的「捨てないで」；將「自分の頭で考え、解くに勤める」直接看成「自分で考えなさい！」。這種簡化的方式反而更能幫助同學對於整體構造的理解。因此在做句子構造分析時，重要的是看懂意思，過度分析以致於卡在某個點一直過不去，反而適得其反。

想要掌握跟日本人一樣的能力，能夠一看到長句就讀懂意思，「精讀、並分析大量文章」是個必經步驟。看多了，習慣了日文句子的結構後，自然當你看到長句時，你腦中的 AI 就會幫你自動分析。這就跟當初你學動詞變化時是一樣的，要先做許多練習，自然而然，習慣之後就可以不經思考，也可以做出正確的動詞變化。因此本書建議同學，當你還在學習的階段的時後，最好能夠把每個句子、每篇文章都試著花點時間去分析看看，相信久而久之，讀懂長句的功力就會自動形成！

　　接下來的附錄部分，我們將從日本語能力試驗官方網站所公佈的「公式問題集」當中，挑選 15 題與句子構造分析非常有關聯的重組題。利用這些題目來帶領各位同學，試試看如何運用本書所學到的句子分析的觀念來解題，也可以讓同學們能夠更加熟悉考試實戰時的操作方式。

　　接下來，我們就要實際練兵了，你準備好了嗎？

附錄　重組題與句子的架構解析

appendix

附錄 重組題與句子的架構解析

　　以下題目皆引用自『日本語能力試驗 公式問題集（第一集・第二集）』及『新日本語能力試驗問題例集』，由日本語能力試驗官方網站（https://www.jlpt.jp/）提供。第①題～第⑧題為 N2 考題，第⑨題～第⑮題為 N1 考題，同學不妨可以先自己試試看，再來看解析方式。

---

① 田中選手が今シーズン（＿＿＿）のニュースを見て驚いた。

　　1　彼の怪我　　　　　　　2　活躍するのを　　　　　3　楽しみに待っていた　　4　だけに

②「これは地元でよく知られた料理で、このすっぱさがおいしい。ただ（＿＿＿）増えていることだね。」
　と田中さんは語る。

　　1　なんていう　　　　　　2　残念なのは　　　　　　3　若者が最近　　　　　　4　すっぱいのが苦手だ

③ 国民の、政治（＿＿＿）政治家は指導力を発揮できるのだ。

　　1　初めて　　　　　　　　2　に対する　　　　　　　3　があって　　　　　　　4　信頼

④ 結婚生活を送る（＿＿＿）、相手への思いやりの気持ちを持つことだと思う。

　　1　うえで　　　　　　　　2　といえば　　　　　　　3　大切か　　　　　　　　4　何が

⑤ 就職したときに（＿＿＿）とうとう壊れたので、買い換えることにした。

　　1　ずっと　　　　　　　　2　買って以来　　　　　　3　かばんが　　　　　　　4　使っていた

⑥ 登山には不思議な魅力がある。登っているときはこんなに（＿＿＿）なぜかまた登りたくなる。

　　1　思うのに　　　　　　　　2　二度としたくないと

　　3　苦しいことは　　　　　　4　山を下りて何日かすると

⑦ 彫刻家川村たけるが作る動物の彫刻作品は、形はシンプル（＿＿＿）生命力にあふれている。

　　1　動き出し　　　　　2　そうな　　　　　3　ながら　　　　　4　今にも

⑧ ビジネスで成功できる人とできない人との違いは、どんなに大変な状況でもあきらめずに（＿＿＿）と思う。

　　1　かどうか　　　　　2　取り組める　　　　　3　にある　　　　　4　最後まで

⑨ 管理職になったら、たとえ（＿＿＿）部下の失敗も引き受けるというくらいの覚悟がなくてはならない。

　　1　だとして　　　　　2　がなくても　　　　　3　自分には責任　　　　　4　自分の責任

⑩ （＿＿＿）小さな町工場だった。

　　1　もともとは　　　　　2　我が社だが　　　　　3　今でこそ　　　　　4　一流企業と言われる

⑪ 休みの（＿＿＿）実際にはなかなか実行できない。

　　1　片付けようと　　　　　2　たびに　　　　　3　思いながらも　　　　　4　今日こそ

⑫ 新番組でこれまでにない役柄を演じる俳優の上田秋さん。役作りに悩んでいる（＿＿＿）という。

　　1　と　　　　　2　そうでもない　　　　　3　思いきや　　　　　4　のか

⑬ 「アセビ」という、白い花を咲かせる樹木を漢字で「馬酔木」と書くのは、アセビには（＿＿＿）そうです。

1　由来する　　　　　　　　2　有毒成分があり

3　状態になることに　　　　4　馬が食べると酔ったような

⑭ 家族の時間を大切にする夫は、つい（＿＿＿）ありがたい存在です。

1　本当に大切なものは何なのか　　　　　　2　私に

3　仕事に夢中になりすぎる　　　　　　　　4　気づかせてくれる

⑮ Z県知事の林和夫氏は、週刊誌で、脱税を行った（＿＿＿）異なり、名誉を傷つけられたとして、
発行元のX社を相手取り訴訟を起こした。

1　事実とは全く　　　　2　疑いがあるなどと　　　3　報じられた　　　　4　ことに対し

01

題目：田中選手が今シーズン（＿＿＿）のニュースを見て驚いた。

　　　1　彼の怪我　　　　　　　　2　活躍するのを　　　　　　3　楽しみに待っていた　　　4　だけに

翻譯：正因為非常期待田中選手在這一季的活躍，因此看到他受傷的新聞時，嚇了一大跳。

圖示：

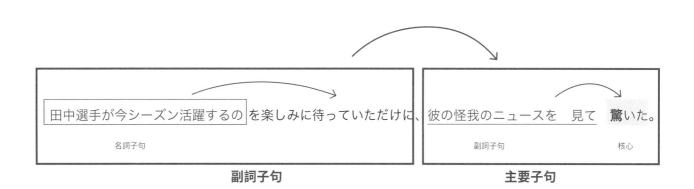

田中選手が今シーズン活躍するの　を楽しみに待っていただけに、彼の怪我のニュースを　見て　驚いた。

名詞子句　　　　　　　　　　　　　　　　　　　　　　副詞子句　　　　核心

副詞子句　　　　　　　　　　　　　　　　　　　　主要子句

解析：

看到選項中的「～のを」就可得知這是名詞子句的結構。名詞子句本身就屬於車廂（補語），因此第一個步驟，就是先去尋找名詞子句「活躍するのを」這個車廂所對應的火車頭（述語・核心）。

從前後文當中，有可能為「～のを」所對應的火車頭之動詞有二：「～のを　見る」或是「～のを　待つ」。在此，我們可以輕易判斷「活躍するのを」應該是屬於動詞「待つ」的必須補語（活躍するのを　待つ），而不會是「見る」的補語（活躍するのを　見る）。這是因為動詞「見る」已經有了其對應的車廂「ニュースを」（ニュースを　見て），因此目前已知順序為「活躍するのを　楽しみに待っていた」。

「～だけに」為接續表現，前方的句子是副詞子句。而檢視題目與選項當中，可以放在「～だけに」前方的成分，就只有剛剛已解出的「活躍するのを　楽しみに待っていた」這部分而已，因此直接將「～だけに」就放在「楽しみに待っていた」的後方。

目前已知順序為：「活躍するの を楽しみに 待っていた だけに、～」。
這也構成了副詞子句中內包一個名詞子句的結構。

最後，「彼の怪我」為名詞，可用連體修飾的方式來修飾後方的「のニュース」，就可得知正確的順序為：「活躍するのを楽しみに待っていただけに、彼の怪我のニュースを見て驚いた」（２３４１）。

02

題目：「これは地元でよく知られた料理で、このすっぱさがおいしい。ただ（＿＿＿）増えていることだね。」

と田中さんは語る。

1　なんていう　　　　　　2　残念なのは　　　　　　3　若者が最近　　　　　　4　すっぱいのが苦手だ

翻譯：田中先生說：「這是當地非常知名的料理，尤其是它的酸味非常好吃。但，很可惜的是，

最近不敢吃酸的年輕人越來越多了。」

圖示：

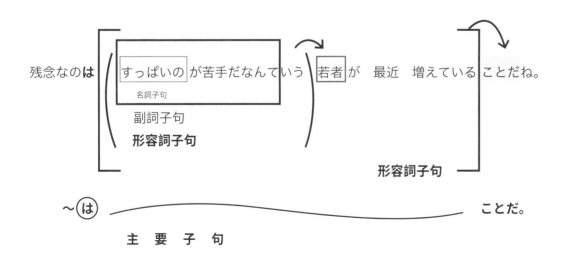

解析：

　　此句需要解題的部分為「～と」所引導的副詞子句（引用節）部分，因此不需去理會主要子句「田中さんは語る」的部分。至於引用節內，句號前方的句子「～がおいしい。」的部分也不需去理會。

　　看到選項中出現了「～のは」，就可推敲判斷，這句話有可能是強調構句，因此第一個步驟，就是先去找出述語部分「～だ」即可。我們從題目當中，可很輕易地找到與其相對應的部分：「残念なのは　～ことだね」。

　　題目中，形式名詞「ことだ」的前方為常體句「～増えている」，因此我們可以知道「ことだ」的前方會是一個形容詞子句的構造。只要再進一步分析這個形容詞子句的結構即可。「増えている」為 1 項動詞，其必須補語與核心的結構為「～が　増える」，因此我們可以推測出這形容詞子句部分，它的架構應為「若者が最近　増えている」。再將這裡所得到的順序，合併至第一段的解析，就可得知順序為：

　　「残念なのは　若者が最近　増えていることだね」。

　　剩下兩個選項「なんていう」以及「すっぱいのが苦手だ」。「なんていう」為「などという」的口語表現，因此前方會是以「～と（這裡是「なんて」）」所引導的副詞子句（引用節），正好可以將「すっぱいのが苦手だ」放在前面，就可得知順序為：

　　「すっぱいのが苦手だなんていう」的順序。

至於上述的「すっぱいのが苦手だなんていう」以常體句結尾，因此可以放在名詞的前方來作為形容詞子句。而正好這段話就是用來說明「若者」的，因此可將其放到「若者」的正前方，用來說明這個「若者」的性質。這種形容詞子句的構造就是我們第七課所學習到的「外の関係」。

　　綜合上述分析，我們可得知正確的順序為：「残念なのはすっぱいのが苦手だなんていう若者が最近増えていることだね」（２４１３）。

03

題目：国民の、政治（＿＿＿）政治家は指導力を発揮できるのだ。

     1　初めて　　　　　　　　2　に対する　　　　　　　3　があって　　　　　　4　信頼

翻譯：要先有國民對於政治的信賴，政治家才能發揮指導能力。

圖示：

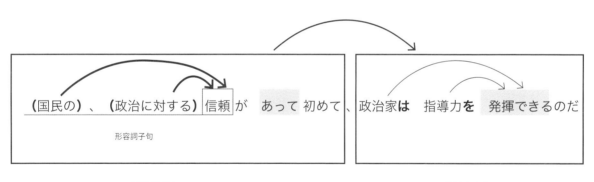

解析：

　　我們在 N2 時，學過一個「～てはじめて」的句型（請參考『穩紮穩打！新日本語能力試驗 N2 文法』第 138 項句型），表示「有了前述事項，才有後述事項」。因此我們已經可以知道 3「～があって」就是放在 1「初めて」的正前方。

　　而我們可以將「～て初めて」這個接續表現的部分，前方視為是副詞子句，因此得知這個副詞子句是用來修飾後面的主要子句「政治家は指導力を発揮できる」部分的。目前已知順序為「～があって初めて、政治家は指導力を発揮できるのだ」。

　　「があって」的「が」為格助詞，前方接續名詞，合理的語意判斷，應該是在前方放入 4「信頼」這個選項，因此順序為：「信頼があって初めて、政治家は指導力を発揮できるのだ」。

　　「信頼」為名詞，前方可以擺放形容詞子句等連體修飾的成分。因此從前後語意判斷，可在前方可擺入「政治に対する」這個成分。綜合上述分析，我們可得知正確的順序為：「政治に対する信頼があって初めて、政治家は指導力を発揮できるのだ」（2 4 3 1）。

　　值得一提的是「国民の」用來修飾「信頼」，「政治に対する」也是用來修飾「信頼」，這構成了第十一課我們所學到的雙層形容詞（形容詞子句）修飾同一個名詞的結構。

04

題目：結婚生活を送る（＿＿＿）、相手への思いやりの気持ちを持つことだと思う。

    1　うえで　　　　　　　　　2　といえば　　　　　　　3　大切か　　　　　　　4　何が

翻譯：如果說在結婚生活當中，什麼事情最重要，我認為那就是要保持著對於對方體貼的心。

圖示：

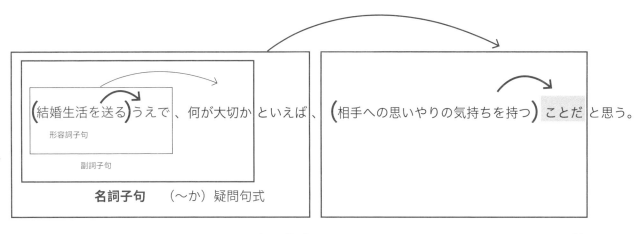

解析：

　　看到選項中的「といえば」，就知道前方是一個以「～と」所引導的副詞子句（引用節）。且由於「～といえば」具有表達主題的功能，因此，當我們看到「～といえば」時，就可去找尋後面敘述部分。這句話的主題與敘述的對應，就是「Aといえば　Bことだ」。結構類似名詞述語句「Aは　Bだ」。而這句話的B部分為「相手への思いやりの気持ちを持つこと」並不是我們要分析的部分，因此可以暫時先忽略不管。

　　形容動詞「大切だ」需要有一個補語來講述出其內容，其補語與核心的結構為「～が　大切だ」。因此我們知道4「何が」可放在3「大切か」的前方。而「何が大切か」又剛好是「疑問句式的名詞子句」的型態（第十四課），因此可以擺在「は」或「～といえば」的前方。

　　目前可知的順序為：「何が大切かといえば、～ことだ」。

　　「うえで」也是一個接續表現，因此前方也是一個副詞子句。而「うえ」本身是名詞，因此前面可以擺放形容詞子句「結婚生活を送る」。「結婚生活を送るうえで」這個副詞子句，是用來修飾說明「何が大切か」的，因此可得知正確的順序為：「結婚生活を送るうえで、何が大切かといえば、～ことだ」（１４３２）。也就是一個副詞子句「～といえば」內包另一個副詞子句「～うえで」，在內包一個形容詞子句的結構。

05

題目：就職したときに（＿＿＿）とうとう壊れたので、買い換えることにした。

　　　1　ずっと　　　　　　　　　2　買って以来　　　　　3　かばんが　　　　　　4　使っていた

翻譯：從我就職時購入後，就一直使用到現在的包包，終於壞掉了，所以我決定換一個新的。

圖示：

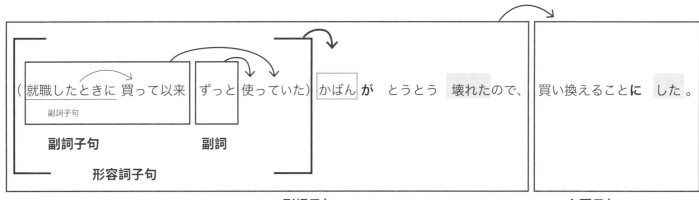

解析：

這題我們需要分析的部分，只有以「～ので」所引導的副詞子句部分，因此「買い換えることにした」這部分可先忽略不管。

「～ので」前的副詞子句，其核心為「壊れた」，為 1 項動詞，結構為「～が　壊れる」。因此第一步就是先去找尋壞掉物品「～が」的部分，就可知道是「かばんが　壊れた」。而「かばん」為名詞，前面可以使用常體句來構成形容詞子句。因此我們可以將 4「使っていた」放在「かばん」的前方，

目前已知順序為：「使っていたかばんがとうとう壊れた」。

「ずっと」為副詞，可用來修飾動詞，為「一直持續」的意思，因此，我們可以從句子的前後文判斷出，它是用來修飾持續動詞「使っていた」的。不能用來修飾「買って」、「壊れた」或是「買い換える」，是因為這三者都是瞬間動作，無法使用「ずっと」來修飾。

「買って以来」（參考 N2 第 137 項句型）為接續表現，也就是副詞子句，因此也可以知道它是用來修飾「使っていた」的。

也就是說，「ずっと」與「買って以来」都是以連用修飾的方式，修飾同一個動詞「使っていた」。但究竟哪個應該放在前方呢？我們可以藉由句首的「就職したときに」這個表時間的副詞子句來判斷。

「就職したときに」是用來修飾「買う」這個動詞的，因此我們就知道應該將「買って以来」擺在「就職したときに」的後方，形成**就職したときに買って以来**副詞子句內包副詞子句的結構。再拿這句話來修飾「使っていた」。

　　也因為「就職したときに」已經是題目的句首，因此，「すっと」就只能擺在「就職したときに買って以来」的後方了。

　　正確的順序為：「就職したときに買って以来ずっと使っていたかばんがとうとう壊れた」（２１４３）。

題目：登山には不思議な魅力がある。登っているときはこんなに（＿＿＿＿）なぜかまた登りたくなる。

　　　1　思うのに　　　　　2　二度としたくないと　　　　3　苦しいことは　　　　4　山を下りて何日かすると

翻譯：登山，有很不可思議的魅力。在爬的時候會想著說：「這麼痛苦的事，絕對不會再做第二遍」。

　　　但是下山後隔沒幾天，不知道為什麼，就又想去爬了。

圖示：

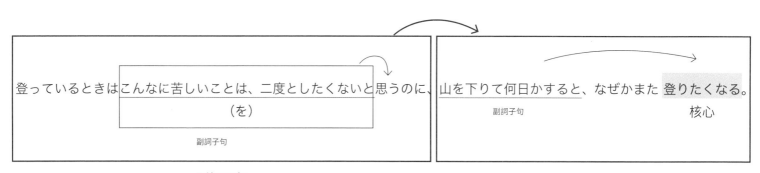

登っているときはこんなに苦しいことは、二度としたくないと思うのに、山を下りて何日かすると、なぜかまた 登りたくなる。

（を）

副詞子句　　　　　　　　　　　　　　　核心

副詞子句

解析：

　　本句的核心部分為「登りたくなる」。可以用來修飾「また登りたくなる」這個主要子句的，一定就是副詞子句的形式。而選項當中符合這個條件的，有1「思うのに」與4「山を下りて何日かすると」兩個部分。

　　就語意上，「山を下りて何日かすると」用來修飾「また登りたくなる」比較符合語意上的邏輯。然後再拿「～思うのに」來修飾整個「山を下りて何日かすると登りたくなる」，意思上比較說得通。

　　因此目前已知的順序為：「～思うのに、山を下りて何日かすると、なぜかまた登りたくなる」。

　　表示說話者想法的動詞「思う」，前方必然有以「～と」所引導的副詞子句。因此，我們就可以將「二度としたくないと」擺在「思う」的前方。

　　目前已知的順序為：「二度としたくないと思うのに、山を下りて何日かすると、なぜかまた登りたくなる」。

　　「こんなに」為副詞，可修飾形容詞「苦しい」。而「こんなに苦しいことは」的「は」，下面其實是藏著格助詞「を」。這點，我們已在第四課有學習過。因此「こんなに苦しいことを」為「する」的必須補語。結構為：「～苦しいことを二度と　したくない」。

綜合上述分析，我們可得知正確的順序為：「こんなに苦しいことは、二度としたくないと思うのに、山を下りて何日かすると、なぜかまた登りたくなる」（３２１４）。

　　值得一提的是，上述四個選項當中，２「二度としたくないと」與４「山を下りて何日かすると」，都是以「〜と」引導的副詞子句。但同學們應該可以藉由前後文的判斷，知道「二度としたくないと」的「と」為引用的內容（引用節）。至於「山を下りて何日かすると」中的「する」，用於表達時間的經過，因此這裡的「と」為表達確定條件的「と」，亦可替換為「何日かしたら」。

07

題目：彫刻家川村たけるが作る動物の彫刻作品は、形はシンプル（＿＿＿＿）生命力にあふれている。

　　　1　動き出し　　　　　　　2　そうな　　　　　　　3　ながら　　　　　　4　今にも

翻譯：雕刻家川村猛所做的動物雕刻作品，雖然形狀簡單，但充滿著栩栩如生的生命力。

圖示：

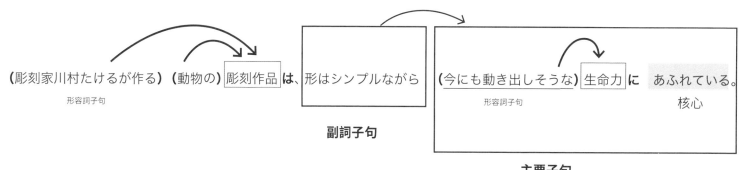

解析：

這一句話的核心為「あふれている」，可從前後文的語意推測出此句的句型架構為「作品は　生命力に　あふれている」。本題需要分析的部分，為修飾名詞「生命力」前方的形容詞子句。

「今にも」為副詞，與樣態助動詞「そうだ」互相呼應（請參考『穩紮穩打！新日本語能力試験 N3 文法』第 129 項句型），兩者多以「今にも～そうだ」的型態成對使用。

樣態助動詞「そうだ」的前方接續動詞連用形（ます形），因此可將「動き出し」擺在「そうだ」的前方。而「そうだ」若要拿來修飾名詞，會使用「そうな」的型態，因此可將「そうな」擺在名詞「生命力」的前方。

目前已知順序為：「今にも動き出しそうな生命力」。

「ながら」為接續表現（請參考『穩紮穩打！新日本語能力試験 N2 文法』第 104 項句型），前方可接續形容詞，因此可以將其放在「シンプル」的後方。也就是說，「形はシンプルながら」為一個副詞子句，用來修飾主要子句「生命力にあふれている」的部分。「形はシンプルながら、生命力にあふれている」（雖然形狀簡單，但充滿生命力）。

綜合上述分析，我們可得知正確的順序為：「形はシンプルながら、今にも動き出しそうな生命力にあふれている」（３４１２）。

08

題目：ビジネスで成功できる人とできない人との違いは、どんなに大変な状況でもあきらめずに（＿＿＿）と思う。

　　　1　かどうか　　　　　　　2　取り組める　　　　　　3　にある　　　　　　4　最後まで

翻譯：做生意會成功與無法成功的人，兩者之間的差別，我認為就在於即使遇到困難，是否還能夠不放棄地堅持到最後。

圖示：

ビジネスで成功できる人とできない人との 違い は、

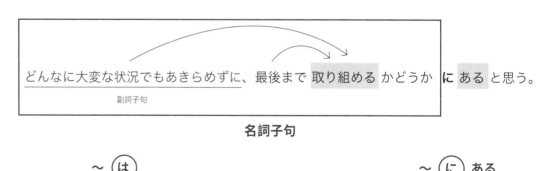

どんなに大変な状況でもあきらめずに、最後まで 取り組める かどうか に ある と思う。

副詞子句

名詞子句

　　　　　　〜 は　　　　　　　　　　　　　　〜 に ある

🔗 解析：

「と思う」為說話者的意見，而本句要分析的部分就是前方「〜と」所引導的副詞子句，因此可以先將「と思う」視而不見。

看到本句中的「違いは」，又看到選項中的「にある」，就可知道此為「〜は　〜に　ある」所在句的構造。

「違いは　Ｘに　ある」意思就是，「（做生意會成功與無法成功的人）兩者的差別就在於Ｘ的部分」。既然「に」為格助詞，那它的前方就會是名詞或者是名詞子句。

正好「かどうか」就是我們在第十四課所學習到的「疑問句式的名詞子句」，因此就可將「かどうか」直接放入Ｘ的部分，作為名詞子句。

而「かどうか」前方會是個常體句，因此就知道「取り組める」可以擺在「かどうか」的前方。而「最後まで」則是動詞「取り組める」的補語。

綜合上述分析，我們可得知正確的順序為：「最後まで取り組めるかどうかにある」（４２１３）。

09

題目：管理職になったら、たとえ（＿＿＿）部下の失敗も引き受けるというくらいの覚悟がなくてはならない。

　　　1　だとして　　　　　　　　2　がなくても　　　　　3　自分には責任　　　　4　自分の責任

翻譯：當上管理職後，就必須要有即便不是自己的責任，也要把它當成是自己的責任，連同下屬的失誤也一起承擔的覺悟。

圖示：

管理職になったら、
　　　　副詞子句

（たとえ自分には責任がなくても、自分の責任だとして、部下の失敗も引き受ける）というくらいの覚悟が　なくてはならない。
　　　副詞子句

　　副詞子句

　　形容詞子句

📎 解析：

　　這一句話的核心為「なくてはならない」，主要子句架構為「覚悟が　なくてはならない」。「覚悟」為名詞。第七課時，我們學習到若是被修飾的名詞，含有表達發話或思考含意時，其前方的形容詞子句可以插入「〜という」。至於「くらい」為副助詞，僅是用來表示程度，因此就「句子分析簡單化」的觀點，我們將這裡直接看成「〜という覚悟」即可。

　　句首的「管理職になったら」正好是用來修飾主要子句「覚悟が　なくてはならない」的副詞子句。「管理職になったら、〜覚悟がなくてはならない」（當上管理職後，就必須要有這樣的覺悟）。因此我們真正需要分析的，就是修飾名詞「覚悟」的形容詞子句部分。

　　「がなくても」的「が」為格助詞，前方自然會是名詞。因此前方有可能是 3「自分には責任」或是 4「自分の責任」。「なくても（ない）」為動詞「ある」的否定。由於「ある」為 2 項動詞，其句型結構（骨骼）會是「〜に　〜が　ある」的形式，因此即可得知「がなくても」的前方應該是 3「自分には責任」。目前已知的順序為「自分には　責任がなくても」。

　　「たとえ」為副詞，多與「〜ても」呼應。因此就可得知上述的「自分には　責任が　なくても」應該擺在前兩格，來與「たとえ」呼應。

　　目前已知順序為：たとえ　自分には　責任が　なくても、〜

　　剩下的兩個選項 1「だとして」與 4「自分の責任」自然就是擺在最後兩格。而這兩個的順序，自然就應該將名詞「責任」擺在斷定助動詞「だ」的前方。構成「自分の責任だとして」的順序。

綜合上述分析，我們就可得知正確的順序為：

「たとえ自分には責任がなくても、自分の責任だとして、部下の失敗も引き受ける」（３２４１）。

「たとえ自分には責任がなくても」修飾「自分の責任だとして」，然後「たとえ自分には責任がなくても、自分の責任だとして」再來修飾「部下の失敗も引き受ける」，構成由左向右擴張形式的多層副詞子句結構。

10

題目：（____）小さな町工場だった。

    1　もともとは　　　　　　　　2　我が社だが　　　　　　　3　今でこそ　　　　　　　　4　一流企業と言われる

翻譯：現在我們公司被大家認為是一流企業，但其實原本就只是個當地的小小工廠而已。

圖示：

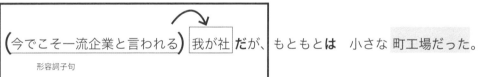

（今でこそ一流企業と言われる）我が社だが、もともとは　小さな 町工場だった。

形容詞子句

副詞子句 (對等子句)

📎 解析：

　　日文中，有時會因為修辭上的因素，會將一個句子的主語後移至句尾，以名詞述語句的形式來表達。

　　例如：「トランプ大統領**は**　簡単に　負け**を**　認めない」（川普總統不會那麼簡單地認輸），可以改寫為「（簡単に負けを　認める）トランプ大統領ではない」。因此「我が社は　一流企業と　言われる」，亦可改寫為「一流企業と言われる我が社だ」。就這個修辭上的法則，我們可以得知４「一流企業と言われる」必須放在２「我が社だが」的前面，構成一個名詞述語句「～我が社だ」。而「我が社」是名詞，因此「一流企業と言われる」的確也是修飾「我が社」這個名詞的形容詞子句。

　　「今でこそ」用來修飾「一流企業と言われる」，意指「現在被認為是一流企業」。與其相對比的，是句尾的「小さな町工場だった」（曾經是當地小工廠）。因此可得知「もともとは」即是用來修飾「小さな町工場だった」。

　　綜合上述分析，我們就可得知正確的順序為：「今でこそ一流企業と言われる我が社だが、もともとは小さな町工場だった」（３４２１）。

11

題目：休みの（＿＿＿＿）実際にはなかなか実行できない。

    1　片付けようと　　　　　　2　たびに　　　　　　　　3　思いながらも　　　　4　今日こそ

翻譯：每次放假，心裡就想著今天一定要好好整理，但實際上卻很難執行。

圖示：

休みのたびに、今日こそ片付けようと思いながらも　実際には　なかなか　実行できない。

副詞子句　　　副詞子句（引用節）

副詞子句

📎 解析：

　　此句話的主要子句部分為「実際には　なかなか　実行できない」。也就是說，本題需要分析的部分就只有用來修飾這個主要子句或者是修飾主要子句核心「実行できない」的副詞子句部分而已。

　　綜觀選項，可以用來作為副詞子句的接續表現至少有 1「片付けようと」、2「たびに」、3「思いながらも」三個。但看到動詞「思う」，就可得知前方會有以「〜と」引導的副詞子句，來表達敘述思考的內容。因此「片付けようと」應該擺在「思いながらも」的前方。

　　因此目前已知順序為：「片付けようと 思いながらも」。

　　「たびに」的「度」屬於名詞性質，前方可接續名詞或者形容詞子句 (請參考『穩紮穩打！新日本語能力試験 N3 文法』第 83 項句型)，從語意上或從文法上，都知道它可放置於句首「休みの」的後方。

　　因此目前已知順序為：「休みのたびに、片付けようと思いながらも」。

　　副詞子句「休みのたびに」修飾「片付けようと 思う」（每當放假就想整理）。
　　最後一個選項「今日こそ」為修飾「片付ける」的副次補語，用來說明動詞「片付ける」動詞的時間，因此「今日こそ」必須放在「片付けようと思う」的正前方。綜合上述分析，我們就可得知正確的順序為：「休みのたびに、今日こそ片付けようと思いながらも」（２４１３）。

12

題目：新番組でこれまでにない役柄を演じる俳優の上田秋さん。役作りに悩んでいる（＿＿＿）という。

　　　1　と　　　　　　　2　そうでもない　　　　　3　思いきや　　　　　　4　のか

翻譯：演員上田秋要在新節目中扮演一個從未有過的角色。想說他可能在煩惱如何揣摩角色，但似乎他也沒有在擔心的樣子。

圖示：

副詞子句

解析：

　　此題只要學習過「～と思いきや」（請參考『穩紮穩打！新日本語能力試驗 N1 文法』第 144 項句型），大概就可以迎刃而解。動詞「思う」的前方會有以「～と」引導的副詞子句（引用節），這是上一題也出現過的考點，因此立即可得知 1「と」必須放在「思いきや」的正前方。

　　而句型「～と思いきや」的後方往往接續「出乎說話者意料之外的一件事」，因此前方有「悩んでいる」，自然後面就會是「そうでもない」。

　　目前已知順序為：「悩んでいると思いきや、そうでもないという」。

　　在這裡跟各位分享一個文法小知識。關於「～と」所引導之副詞子句，它是屬於所有從屬子句當中，**從屬度最低**的子句。也就是它的獨立性最高。「～と」所引導的從屬子句中，除了可以擁有自己的主語以外，還可以擁有自己的主題、還可放入各式各樣的終助詞、時制、甚至是說話者的心境或判斷等要素。也因此，檢定考非常喜歡考出以「～と」所引導的副詞子句。當然，最後一個選項「のか」帶有說話者的心境、判斷的終助詞，亦可放在「～と」所引導的副詞子句內。因此我們就可知道「のか」應該擺在「悩んでいる」的後方，「と」的前方。

　　綜合上述分析，我們就可得知正確的順序為：「役作りに悩んでいるのかと思いきやそうでもないという」（４１３２）。

　　順帶一提，**從屬度最高**的子句（也就是獨立性最低的子句），最代表性的，就是「～ながら」。這個從屬子句內不僅不可以有主題、終助詞、時制、說話者心境、判斷，甚至連自己主語都不行。它的主語一定是跟著主要子句的。

・× <u>妹が本を読みながら</u>、私が音楽を聴いている。

・○ （私は／が）本を読みながら、音楽を聴く。

也就是說，凡是使用到高從屬度（低獨立性）的「～ながら」，從屬子句與主要子句的動作者（主語）都得是同一人。

最後，句尾的「という」為傳聞助動詞「～そうだ」較文言的表達方式，因此本題的句末亦可改為「そうだ」。也因為這個「という」是用來表達傳聞的內容，因此前方的接續方式與傳聞助動詞「そうだ」相同，只能有常體句，不可以有「のか」等終助詞。因此「役作りに悩んでいると思いきや、そうでもない**のか**という」這樣的排序方式是錯誤的。這個「という」當中的「～と」，並非我們上面所講的那個低從屬度的以「～と」引導的副詞子句，這點請特別留意。

關於從屬子句的從屬度，可參考本社出版的『你以為你懂，但其實你不懂的日語文法 Q&A』一書，有詳細的介紹。

13

題目：「アセビ」という、白い花を咲かせる樹木を漢字で「馬酔木」と書くのは、アセビには（＿＿＿）そうです。

　　1　由来する　　　　　2　有毒成分があり　　　3　状態になることに　　　4　馬が食べると酔ったような

翻譯：這種讀作「アセビ」且會開出白色花朵的樹木，之所以會用漢字寫成「馬酔木」，聽說就是源自於它有毒，

　　　而且馬一吃就會變得像是醉了一樣的狀態。

圖示：

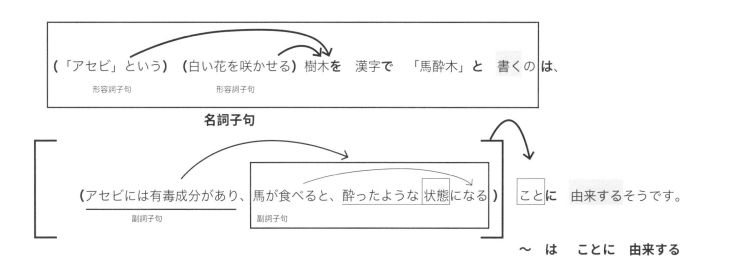

解析：

選項2「有毒成分があり」當中的「ある」為2項動詞，若「ある」表達存在，則其句型結構（骨骼）為「〜に　〜がある」。從題目中，即可找到「アセビには」這部分，就是「ある」的其中一項必須補語。

目前可知順序為：「アセビには　有毒成分が　あり」。

而上述這一句話，使用動詞連用中止形「〜あり」（相當於「あって」），也就代表了它是副詞子句。

選項1「由来する」為2項動詞，其句型結構（骨骼）為「Aは　Bに　由来する」（A源自於B）。我們可以從句中找尋到「〜と書くのは」為「由来する」的必須補語A，而選項3「状態になることに」，則為「由来する」的另一個必須補語B。

目前可知順序為：「〜と書くのは　〜ことに　由来する」（會這麼寫，是因為源自於…）。

本題題目的結尾為「〜そうです」，而正好上一題文法題，我們提及了傳聞助動詞「〜そうだ」，其前面必須接續常體句。而符合這個接續的選項也只有「由来する」，因此目前可知的順序為：

「〜と書くのは、…状態になることに由来するそうです」（會這麼寫，是因為源自於…的狀態）。

剩下最後的選項「馬が食べると酔ったような」正好是連體修飾的形態，因此可推測後面接續名詞。從語意上以及語法上，我們可以得知它正好可以放到上句「…」的部分，來修飾名詞「状態」。

目前可知的順序為：「～と書くのは、馬が食べると酔ったような状態になることに由来するそうです」

至於一開頭我們就分析出來的「アセビには有毒成分があり」這一部分從語意上來看，是在說明原因・理由的副詞子句。它用來說明為什麼馬吃了就會像是喝醉的狀態，是因為アセビ含有有毒成分，因此必須擺在「馬が食べると酔ったような状態になる」的前方。

綜合上述分析，我們就可得知正確的順序為：「～と書くのは、アセビには有毒成分があり、馬が食べると酔ったような状態になることに由来するそうです」（２４３１）。

14

題目：家族の時間を大切にする夫は、つい（＿＿＿）ありがたい存在です。

    1   本当に大切なものは何なのか   2   私に

    3   仕事に夢中になりすぎる   4   気づかせてくれる

翻譯：很重視與家人相聚時光的老公，是一個可以讓一不小心就會過度熱衷於工作的我，

      發覺什麼才是最重要的一個值得感謝的存在。

圖示：

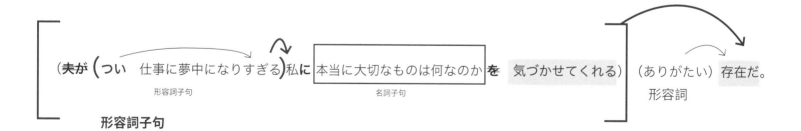

解析：

從題目中，就可得知本句的基本架構為「夫は　ありがたい存在です」（老公是個值得感謝的存在），是一個名詞述語句。

選項1「本当に大切なものは何なのか」的型態為第十四課所學習到的「疑問句式的名詞子句」，後方可能存在著被刪除的「が」或者是「を」。

選項4「気づかせてくれる」（讓我發覺到某事），其句型結構（骨骼）會是「～が　～に　～を　気づかせてくれる」。在此我們可以先猜測，這些車廂可能分別為「夫が　私に　あることを　気づかせてくれる」（老公讓我發現到了某事），因為「～てくれる」的主語一定是第三人稱，這裡應該就是「夫」。因此我們可得知選項2「私に」屬於「気づかせてくれる」的補語（車廂）。

而可以套入上述補語「あることを」部分的，就只有名詞子句的形式。選項3「仕事に夢中になりすぎる」是形容詞子句的形式，並非名詞子句的形式，因此使用刪去法，就可以推測出「あることを」應該要套入的是選項1「本当に大切なものは何なのか」。

目前已知的順序為：「夫が　本当に大切なものは何なのかを　私に　気づかせてくれる」

最後剩下的「仕事に夢中になりすぎる」，由於是形容詞子句的形式，因此我們可以從語意上判斷，它就是用來修飾「私」的。

目前已知的順序為：「夫が　本当に大切なものは何なのかを　仕事に夢中になりすぎる私に　気づかせてくれる」。

而由於本句的主題，已經是「夫は」，因此子句當中一樣的主語「夫が」就可以刪除。

目前已知的順序為：「夫が　本当に大切なものは何なのかを　仕事に夢中になりすぎる私に　気づかせてくれる」。

本以為大功告成，但等等！各位同學忽略了題目當中，還有一個副詞「つい」（不知不覺地）。若依照上述的順序，「つい」將會落在「本当に大切な物は何なのかを」的前方。

・（×）つい、本当に大切なものは何なのかを　仕事に夢中になりすぎる私に　気づかせてくれる

但就語意上，「つい」應該用來修飾「夢中になりすぎる」才合理，因此我們必須變動一下上述的車廂位置。在第一課我們就學習到了，車廂的位置是可以變動的，因此我們將上述的「～が　～を　～に　気づかせてくれる」，順序調換為「～が　～に　～を　気づかせてくれる」，就能讓「つい」落在「夢中になりすぎる」的前方了。

・（○）つい、仕事に夢中になりすぎる私に　本当に大切なものは何なのかを　気づかせてくれる

綜合上述分析，我們就可得知正確的順序為：

「夫が　つい　仕事に夢中になりすぎる私に　本当に大切なものは何なのかを　気づかせてくれる」（３２１４）。

而上述這段話，正好為形容詞子句的形式，可用來修飾題目最後的「存在」。

15

題目：Z県知事の林和夫氏は、週刊誌で、脱税を行った（＿＿＿）異なり、名誉を傷つけられたとして、

発行元のX社を相手取り訴訟を起こした。

　　1　事実とは全く　　　　　　2　疑いがあるなどと　　　　3　報じられた　　　　4　ことに対し

翻譯：Z縣的知事林和夫，對於週刊雜誌報導他涉嫌逃漏稅一事，以「與事實完全不符，傷害了我的名譽」的理由，

對發行公司X社提起了訴訟。

圖示：

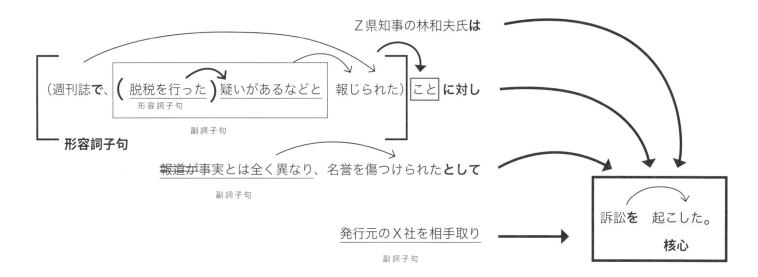

解析：

　　空格右邊的動詞「異なる」為2項動詞，句型結構（骨骼）為「～が　～と　異なる」。我們可以從題目與選項中，推測其補語部分有可能是「報道が　事実と　異なる」。故選項1「事実とは全く」會放在最後一個空格，也就是「異なり」的正前方。

　　選項內的動詞「報じる」為報導之意，因此前方理應也會有一個以「～と」所引導的副詞子句，以敘述出報導的內容。

　　目前已知順序為：「疑いがあるなどと　報じられた」。

　　而上述的「疑いがあるなどと　報じられた」正好為形容詞子句的型態，因此可以放在選項4「ことに対し」的前方來修飾名詞「こと」。

　　綜合上述分析，我們就可得知正確的順序為：「疑いがあるなどと　報じられたことに対し、事実とは全く異なり」（２３４１）。

　　至於我們一開始所推測的「異なる」的必須補語「報道が」，則是因為「～報じられたことに対し」這一句話當中已經詳細敘述，因此它被省略了。

　　最後，關於題目中的「～として」部分，並非此題要我們排序的部分，因此就不再針對後半部講解。

關於「～として」詳細用法請參考『穩紮穩打！新日本語能力試驗 N1 文法』第 119 項句型。

高階系列 - 文法

穩紮穩打！新日本語能力試驗 文法・讀解特別篇
～長句構造解析 for N1、N2

編　　　著	目白 JFL 教育研究会
代　　　表	TiN
封 面 設 計	陳郁屏
排 版 設 計	想閱文化有限公司
總 編 輯	田嶋 恵里花
發 行 人	陳郁屏
出　　　版	想閱文化有限公司
發　　　行	想閱文化有限公司
	屏東市 900 復興路 1 號 3 樓
	電話：(08)732 9090
	Email：cravingread@gmail.com
總 經 銷	大和書報圖書股份有限公司
	新北市 242 新莊區五工五路 2 號
	電話：(02)8990 2588
	傳真：(02)2299 7900
初　　　版	2021 年 10 月
定　　　價	400 元
I S B N	978-986-97784-8-0

國家圖書館出版品預行編目 (CIP) 資料

穩紮穩打！新日本語能力試驗 . 文法 . 讀解特別篇：長句構造解析 for N1、N2/ 目白 JFL 教育研究会編著 . -- 初版 . -- 屏東市 : 想閱文化有限公司 , 2021.10

　面；　公分 . -- (高階系列 . 文法)

ISBN 978-986-97784-8-0(平裝)
1. 日語 2. 語法 3. 能力測驗

803.189　　　　　　　　　　110015755